S'adapter

DU MÊME AUTEUR

Eova Luciole, *Grasset, 1998*
La Folie du roi Marc, *Grasset, 2000*
Histoire d'une prostituée, *Grasset, 2003*
Clarita's way, *avec Olivier Roller, L'Opossum éditions, 2005*
La Passion selon Juette, *Grasset, 2007*
Nestor rend les armes, *Sabine Wespieser, 2011*
Le roi disait que j'étais diable, *Grasset, 2014*
La Révolte, *Stock, 2018 ; Le Livre de Poche, 2019*

Clara Dupont-Monod

S'adapter

roman

Stock

Photo de bande : © Olivier Roller

ISBN 978-2-2340-8954-9

© Éditions Stock, 2021

« S'ils se taisent, les pierres crieront. »

Luc, 19:40

« Qu'est-ce que ça veut dire "normal" ?
Ma mère est normale, mon frère est normal.
J'ai aucune envie d'être comme eux ! »

L'Enfant penchée,
Benoît Peeters et François Schuiten

1

L'aîné

Un jour, dans une famille, est né un enfant inadapté. Malgré sa laideur un peu dégradante, ce mot dirait pourtant la réalité d'un corps mou, d'un regard mobile et vide. « Abîmé » serait déplacé, « inachevé » également, tant ces catégories évoquent un objet hors d'usage, bon pour la casse. « Inadapté » suppose précisément que l'enfant existait hors du cadre fonctionnel (une main sert à saisir, des jambes à avancer) et qu'il se tenait, néanmoins, au bord des autres vies, pas complètement intégré à elles mais y prenant part malgré tout, telle l'ombre au coin d'un tableau, à la fois intruse et pourtant volonté du peintre.

Au départ, la famille ne discerna pas le problème. Le bébé était même très beau. La mère recevait des invités venus du village ou des bourgs environnants. Les portières des voitures claquaient, les corps se dépliaient, risquaient quelques pas chaloupés. Pour arriver jusqu'au hameau, il avait fallu rouler sur des routes minuscules et sinueuses. Les estomacs étaient retournés. Certains amis venaient d'une montagne toute proche, mais ici, « proche » ne voulait rien dire. Pour passer d'un endroit à un autre, on devait monter puis redescendre. La montagne imposait son roulis. Dans la cour du hameau, on se sentait parfois cerné par des vagues énormes, immobiles, mousseuses d'une écume verte. Lorsque le vent se levait et qu'il secouait les arbres, c'était un grondement d'océan. Alors la cour ressemblait à une île protégée des tempêtes.

Elle s'ouvrait par une épaisse porte en bois, rectangulaire, plantée de clous noirs. Une porte médiévale, disaient les connaisseurs, probablement fabriquée par les ancêtres qui s'étaient installés en Cévennes depuis des siècles. On avait bâti ces deux maisons, puis l'auvent, le four à pain, la bûcherie et le moulin, de part et d'autre d'une rivière, et l'on pouvait entendre les soupirs de soulagement dans les voitures lorsque la route étroite devenait petit pont et qu'apparaissait la terrasse de la première maison qui donnait sur l'eau. Derrière elle, en enfilade, se tenait l'autre maison, où était né l'enfant, nantie de la porte médiévale dont la mère avait ouvert les deux battants afin d'accueillir les amis et la famille. Elle proposait du vin de châtaignes que la petite assemblée buvait, extatique, dans l'ombre de la cour. On parlait doux pour ne pas brusquer l'enfant si sage dans son transat. Il sentait bon la fleur d'oranger. Il semblait attentif et tranquille. Il avait les joues rondes et pâles, des cheveux bruns, de grands yeux noirs. Un bébé de la région, qui lui appartenait. Les montagnes ressemblaient à des matrones veillant sur le transat, les pieds dans les rivières et le corps nappé de vent. L'enfant était accepté, semblable aux autres. Ici les bébés avaient les yeux noirs, les vieux étaient minces et secs. Tout était dans l'ordre.

Au bout de trois mois, on s'aperçut que l'enfant ne babillait pas. Il demeurait silencieux la plupart du temps, sauf pour pleurer. Parfois un sourire se dessinait, un froncement de sourcils, un soupir après le biberon, un sursaut lorsqu'une porte claquait. C'était tout. Pleurs, sourire, froncement, soupir, sursaut. Rien d'autre. Il ne gigotait pas. Il restait calme – « inerte », pensaient ses parents sans le dire. Il ne manifestait aucun intérêt pour les visages, les mobiles suspendus, les hochets. Surtout, ses yeux sombres ne se posaient sur rien. Ils semblaient flotter puis ils s'échappaient sur le côté. De là, les prunelles virevoltaient, suivant la danse d'un insecte invisible, avant de se fixer à nouveau dans le vague. L'enfant ne voyait pas le pont, les deux maisons hautes ni la cour, séparée de la route par un très vieux mur de pierres rousses, érigé là depuis toujours, mille fois démoli par les orages ou les convois, mille fois reconstruit. Il ne regardait pas la montagne à la peau râpée, le dos planté d'un nombre infini d'arbres, fendue d'un torrent. Les yeux de l'enfant caressaient les paysages et les gens. Ils ne s'attardaient pas.

Un jour, alors qu'il se reposait dans son transat, sa mère s'agenouilla. Elle tenait une orange. Doucement, elle passa le fruit devant lui. Les grands yeux noirs n'accrochaient rien. Ils regardaient autre chose. Personne n'aurait su dire quoi. Elle passa encore l'orange, plusieurs fois. Elle tenait la preuve que l'enfant voyait mal ou pas du tout.

On ne saura rien des courants qui, à cet instant, traversent le cœur d'une mère. Nous, les pierres rousses de la cour, qui faisons ce récit, nous nous sommes attachées aux enfants. C'est eux que nous souhaitons raconter. Enchâssées dans le mur, nous surplombons leurs vies. Depuis des millénaires, nous sommes les témoins. Les enfants sont toujours les oubliés d'une histoire. On les rentre comme des petites brebis, on les écarte plus qu'on ne les protège. Or les enfants sont les seuls à prendre les pierres pour des jouets. Ils nous nomment, nous bariolent, nous couvrent de dessins et d'écritures, ils nous peignent, nous collent des yeux, une bouche, des cheveux d'herbe, nous empilent en maison, nous lancent pour faire un ricochet, nous alignent en limites de goal ou en rails de train. Les adultes nous utilisent, les enfants nous détournent. C'est pourquoi nous leur sommes profondément attachées. C'est une question de gratitude. Nous leur devons ce récit – chaque adulte devrait se souvenir qu'il est redevable envers l'enfant qu'il fut. C'est donc eux que nous regardions lorsque le père les convoqua dans la cour.

Les chaises en plastique raclèrent le sol. Ils étaient deux. Un frère aîné, une sœur cadette. Bruns aux yeux noirs, forcément. L'aîné, du haut de ses neuf ans, se tenait droit, le torse légèrement bombé. Il avait les jambes maigres et dures des enfants d'ici, couvertes de croûtes et de bleus, des jambes qui avaient l'habitude de grimper, connaissaient les pentes et les griffures des genêts. D'instinct, il posa sa main sur l'épaule de sa sœur en un réflexe de protection. Il était arrogant ; mais cette arrogance coulait directement d'un idéal très haut, romantique, qui plaçait l'endurance au-dessus de tout, et cela le différenciait des prétentieux. Intransigeant, il veillait sur sa cadette, imposait ses règles équitables à leurs nombreux cousins, exigeait de ses camarades courage et loyauté. Ceux qui ne prenaient aucun risque, ou affichaient un record sur son baromètre intime de lâcheté, récoltaient son dédain, et ce de façon irréversible. D'où lui venait cette assurance, personne n'aurait su le dire, sauf à penser que la montagne avait infusé en lui une forme de dureté. Nous avons eu maintes fois l'occasion de le vérifier : les gens sont d'abord nés d'un lieu, et souvent ce lieu vaut pour parenté.

Ce soir-là, face à son père, l'aîné se tint droit, le menton frémissant, invoquant au fond de lui ses valeurs chevaleresques. Mais il n'eut pas besoin de serrer les poings. D'une voix posée, le père leur expliqua que leur petit frère serait sans doute aveugle. Les rendez-vous médicaux étaient pris, la famille serait fixée d'ici deux mois. Il fallait prendre cette cécité comme une chance car eux, l'aîné et la cadette, seraient les seuls de leur école à savoir jouer aux cartes en braille.

Les enfants sentirent un voile d'inquiétude, vite balayé par cette perspective de célébrité. Présentée ainsi, l'épreuve avait du charme. Aveugle, quelle importance ? Ils seraient les rois de la récré. L'aîné y voyait une logique naturelle. Il était déjà le seigneur de l'école, sûr de lui, de sa beauté, de son aisance, et son caractère taiseux épaississait son aura. Il passa donc le dîner à négocier avec sa sœur afin d'être le premier qui montrerait les cartes à sa classe. Leur père arbitra, joua le jeu. Personne ne comprit réellement qu'à cet instant-là, une fracture se dessinait. Bientôt, les parents parleraient de leurs derniers instants d'insouciance, or l'insouciance, perverse notion, ne se savoure qu'une fois éteinte, lorsqu'elle est devenue souvenir.

Très vite, les parents s'aperçurent que le bébé n'était pas tonique. Sa tête tombait comme celle d'un nouveau-né. Il fallait toujours une main sur sa nuque. Ses bras et ses jambes restaient allongés, sans force aucune. Sollicité, il ne tendait pas ses mains, ne répondait pas, n'essayait pas de communiquer. Son frère et sa sœur eurent beau agiter des grelots, des jouets de couleur vive, l'enfant ne saisissait rien, les yeux ailleurs.

« Un être évanoui avec les yeux ouverts, résuma le frère aîné à la cadette.

– Ça s'appelle un mort », rétorqua-t-elle malgré ses sept ans.

Le pédiatre pensa que cela n'augurait rien de bon. Il conseilla un scanner du crâne sous la houlette d'un éminent spécialiste. Il fallut caler le rendez-vous, quitter la vallée pour se rendre à l'hôpital. De là, nous perdons leur trace, car en ville, personne n'a besoin des pierres. Mais nous les imaginons garer la voiture, racler avec soin leurs chaussures sur le long paillasson après les portes automatiques. Ils attendirent debout dans une salle, chancelant sur des dalles de caoutchouc gris, guettant un professeur. Il vint, les appela. Il tenait des radios à la main. Il les invita à s'asseoir. Sa voix fut douce pour un verdict sans appel. Leur enfant grandirait, certes. Mais il resterait aveugle, ne marcherait pas, serait privé de parole, et ses membres n'obéiraient à rien puisque le cerveau ne transmettait pas *ce qu'il faut*. Il pourrait pleurer ou exprimer son bien-être, mais pas plus. Ce serait un nouveau-né pour toujours. Enfin, pas tout à fait. Le professeur expliqua aux parents d'une voix encore plus maternante que l'espérance de vie, pour ces enfants, ne dépassait pas trois ans.

Les parents jetèrent un dernier regard à ce qu'était leur existence. Désormais tout ce qu'ils s'apprêtaient à vivre les ferait souffrir, et tout ce qu'ils avaient vécu *avant* aussi, tant la nostalgie de l'insouciance peut rendre fou. Ils se tenaient donc sur la faille, entre un temps révolu et un avenir terrible, qui, l'un comme l'autre, appuyaient de leur poids de douleur.

Chacun composa avec sa réserve de courage. Les parents moururent un peu. Quelque part, dans le tréfonds de leur cœur d'adultes, une lueur s'éteignit. Ils s'asseyaient sur le pont, au-dessus de la rivière, les mains enlacées, à la fois seuls et ensemble. Leurs jambes pendaient au-dessus du vide. Ils s'enveloppaient des bruits de la nuit comme on s'enroule dans une cape, pour avoir chaud ou disparaître. Ils avaient peur. Ils se demandaient : « Pourquoi nous ? » Et aussi : « Pourquoi lui, notre petit ? » Et bien sûr : « Comment va-t-on faire ? » La montagne manifestait sa présence, murmure des cascades, du vent, vol des libellules. Ses parois étaient faites de schiste, une pierre si friable qu'il est impossible de la tailler. Elle provoquait des éboulis. On enviait la fidélité adamantine du granit ou du basalte, plus haut dans la région, ou encore la porosité absorbante du tuffeau, vers la Loire. En même temps, qui pouvait offrir autant de nuances ocre ? Quelle pierre autre que le schiste offrait cet aspect feuilleté, prêt à fondre ? C'était à prendre ou à laisser. Habiter là, cela voulait dire tolérer le chaos. Et maintenant, assis sur un parapet, les parents sentaient qu'il leur faudrait appliquer cette logique à leur vie.

Les deux autres enfants, eux, ne comprirent pas tout, sauf qu'une force dévastatrice, qu'ils ne nommèrent pas encore chagrin, les avait propulsés dans un monde coupé du monde. Un lieu où leur jeune sensibilité s'écorcherait sans que personne les aide. La belle innocence, c'était fini. Ils seraient seuls face aux débris de leur cocon. Mais à cette heure, les enfants avaient encore ce pragmatisme qui sauve la vie. Drame ou non, il s'agissait aussi de savoir à quelle heure on goûtait. Où pêcher des écrevisses. On était en juin, l'enfant avait six mois, mais eux le voyaient autrement. Ils mirent un point d'honneur à penser « juin, l'été arrive, et avec lui les cousins ». Ailleurs, d'autres petits naissaient qui, eux, pouvaient voir, tendre la main, tenir leur tête, mais ce flux indifférent à leur sort n'était pas vécu comme une injustice.

Cet état d'esprit perdura jusqu'à l'hiver. L'aîné et la cadette passèrent un été heureux, même s'ils évitèrent le sujet de l'enfant avec leurs cousins, rangèrent dans un coin de leur mémoire les visages fatigués de leurs parents ainsi que leurs efforts délicats pour porter l'enfant du transat au canapé, du canapé aux grands coussins de la cour. Ils firent leur rentrée scolaire, se lièrent à d'autres élèves, quadrillèrent leur emploi du temps en allers-retours à l'école, tissèrent leurs vies en parallèle.

Ainsi, Noël ne fut pas entaché. Pour ces familles de la montagne, c'était un grand moment. À nouveau, les portières des voitures claquèrent, le hameau devint le point de ralliement de la vallée. On entrait dans la cour les bras chargés de victuailles, lentement, le sol d'ardoises étant gelé. Les exclamations de surprise laissaient de petits nuages dans l'air. Le ciel était d'un noir métallique. Les enfants avaient tendu contre nous des guirlandes d'ampoules colorées pour guider les invités, placé à nos pieds des flambeaux. Puis ils s'emmitouflaient, prenaient une lampe torche, partaient dans la montagne pour y déposer des bougies chauffe-plat afin que le Père Noël distingue la piste d'atterrissage depuis le ciel. Les cheminées craquaient de feux si vigoureux que les plus jeunes n'envisageaient pas qu'ils puissent un jour s'éteindre. Quinze personnes s'entassaient dans la cuisine afin de préparer ragoûts de sanglier, terrines, tartes aux oignons. La grand-mère maternelle, petite, habillée de satin, donnait des ordres. Devant le sapin surchargé, les cousins sortaient les flûtes traversières et un violoncelle. On se raclait la gorge, lançait une note. Beaucoup pratiquaient la chorale. Plus grand monde n'était pieux, mais chacun connaissait les cantiques protestants. Aux plus jeunes, on expliquait que, contrairement à ce que disaient les catholiques (que de vieux oncles appelaient encore « les papistes »), l'enfer n'existait pas, qu'on n'avait pas besoin d'un curé pour parler à Dieu et qu'il fallait toujours questionner sa foi. Des cousines ridées ajoutaient qu'un bon protestant tient sa parole, serre les dents et se confie peu. « Loyauté, endurance et pudeur », résumaient-elles en regardant les enfants qui, eux, ne les regardaient pas. La musique et les parfums s'élevaient jusqu'aux énormes poutres, passaient les murs et débordaient dans la cour. Il y avait peu de différences avec les veillées d'antan, lorsque les gens se pressaient près du feu, les mains enfouies sous le ventre des moutons que l'on faisait entrer en cas de grand froid.

L'enfant était posé dans son transat, près du feu. Il était le seul point fixe dans cette grande agitation. Il humait les odeurs de cuisine avec la ferveur d'un petit animal, un léger sourire s'étirait parfois sur son visage. Un bruit particulier (accord des violoncelles, minuscule choc d'une terrine posée sur la table de chêne, tessiture grave d'une voix, jappement d'un chien) provoquait une légère crispation de ses doigts. Sa tête était tournée sur le côté, sa joue contre le tissu du transat puisque son cou ne portait rien. Ses yeux, ourlés de longs cils bruns, erraient avec lenteur et gravité. Il semblait très attentif et pourtant ailleurs. Il avait grandi. Il était toujours mou mais ses cheveux avaient poussé en tignasse épaisse. Les parents aussi avaient changé.

Au cours de cette soirée de Noël, d'infimes variations se dessinèrent. L'aîné de la fratrie se tourna vers l'enfant. Pourquoi à ce moment-là, nous n'en savons rien. Peut-être que le handicap de son frère, désormais visible, lui interdisait l'indifférence. Peut-être que, lui-même grandissant, déçu par un réel qui s'accordait si mal avec ses hautes aspirations, il trouva en cet enfant les avantages d'un paisible compagnon, si constant et fidèle à lui-même qu'il ne le décevrait pas. Ou peut-être, simplement, qu'il prit conscience de la situation et que son idéal chevaleresque le poussa, de façon irrémédiable, vers le soin et la protection du plus faible. Toujours est-il que l'aîné essuyait la bouche de l'enfant, calait son dos, caressait sa tête. Il éloignait les chiens, demandait du calme. Il ne joua plus avec ses cousins ni sa sœur. Ces derniers n'en revenaient pas. Ils le connaissaient en beau garçon réservé qui, jusqu'à présent, s'était montré tête brûlée, un peu goguenard, conscient de sa supériorité. Qui avait marché sur les traces des sangliers, enseigné le tir à l'arc, chapardé des coings ? Qui pouvait avancer dans l'eau enflée de la rivière que les orages rendaient boueuse ? Marcher dans la nuit noire, absolument opaque, stridente et dangereuse ? Rabattre sa capuche d'un geste sûr, pour éviter que les pipistrelles – terreur de sa sœur et des cousins – ne s'agrippent à ses épais cheveux bruns ? L'aîné. Solitaire et royal, d'une assurance froide. La tranquille autorité des seigneurs, pensaient ses proches.

Cette fois, il ne proposa rien. Sa sœur et ses cousins trépignaient autour de lui, n'osant le déranger, mais bouillonnants. L'aîné se montra plus silencieux que d'habitude. Il ne s'éloigna pas du feu qu'il savait entretenir, veillant à ce que son frère ait chaud. Il avait glissé un coussin dans le transat pour surélever sa tête. Il lisait, son doigt glissé dans le poing serré de l'enfant – qui gardait les mains fermées, comme l'éternel bébé qu'il resterait. C'était un spectacle un peu étrange de voir ce garçon d'une dizaine d'années, en pleine santé, recueilli contre un autre, déjà étrange sans être encore bizarre : la taille d'un enfant de presque un an mais la bouche entrouverte, sans effort de contact, très calme, les yeux noirs vagabondant. Leur ressemblance physique sautait aux yeux et nul n'aurait su dire pourquoi cette similitude perçait le cœur. Lorsque l'aîné levait la tête de son livre, son regard fixe et sombre, les grands cils semblaient la réplique vivante du petit être à ses côtés.

Ce soir de Noël signa quelque chose d'irréversible. Durant les mois suivants, l'aîné s'attacha profondément. Avant, il y avait la vie, les autres. Maintenant, il y avait son frère. Leurs chambres étaient côte à côte. Chaque matin, l'aîné s'éveillait avant la maisonnée, posait un pied à terre, frémissait au contact des tomettes. Il poussait la porte, se dirigeait vers le lit qui déployait ses volutes de fer blanches, dans lequel lui et sa sœur avaient dormi aussi, avant de grandir et de demander un couchage adapté. L'enfant, lui, ne réclamerait rien. Il garderait donc ce lit. L'aîné ouvrait la fenêtre, laissait entrer le matin. Il savait extraire délicatement l'enfant, la main sur la nuque, le transférer sur la table à langer. Il le changeait, l'habillait, puis descendait avec précaution vers la cuisine pour lui donner une compote préparée la veille par sa mère. Mais avant d'exécuter tous ces gestes, il se penchait sur le matelas. Il posait sa joue sur celle de l'enfant, émerveillé par cette pâleur si douce, et restait ainsi, dans ce contact immobile, peau contre peau. Il savourait le rebondi crémeux de cette joue et qu'elle soit sans défense, offerte à l'appel d'une caresse, peut-être même offerte rien que pour lui, l'aîné. Le souffle de l'enfant montait de façon régulière. Leurs yeux ne regardaient pas dans la même direction, l'aîné le savait bien. Lui regardait les torsades du lit et, derrière, la fenêtre qui donnait sur la rivière ; l'enfant contemplait un ailleurs, calé sur un rythme que personne ne déchiffrait. Cela convenait à l'aîné. Il serait ses yeux. Il lui raconterait le lit et la fenêtre, l'écume blanche du torrent, la montagne par-delà la cour, son sol d'ardoises bleu nuit, la porte en bois, le rempart du vieux mur, nous, les pierres et nos reflets cuivrés, les fleurs jaillissant des pots ventrus, avec deux petites anses comme des oreilles. Auprès de l'enfant, il se découvrait patient. Pendant longtemps, son froid maintien avait été la meilleure parade pour calmer une inquiétude. Il aimait provoquer l'événement pour ne jamais l'attendre. On le suivait, ébloui par cet élan net et sans hésitation. La vérité était qu'il redoutait tant d'être à la merci d'une chose qu'il préférait l'initier. Ainsi, plutôt que de craindre la cohue d'une cour de récréation, l'obscurité totale de la nuit montagneuse, l'attaque des pipistrelles, il en avait pris le contrôle. Et il s'était jeté dans la cour, dans la nuit ou sous les voûtes de la cave, habitées de pipistrelles que la panique d'une intrusion faisait voler dans tous les sens.

Avec l'enfant, plus rien de tout cela ne fonctionnait. L'enfant était simplement là. Il n'y avait rien à redouter puisqu'il ne présentait aucune menace ni promesse. L'aîné sentit en lui une reddition. Ce n'était plus la peine de prendre les devants. Quelque chose le touchait, un message venu de loin qui convoquait la quiétude des montagnes, la présence immémoriale d'une pierre ou d'un cours d'eau, dont l'existence se suffit à elle-même. Se jouait en lui la soumission aux lois du monde et à leurs accrocs, sans révolte ni amertume. L'enfant était là de façon aussi évidente qu'un pli de la terre. « Il vaut mieux tenir qu'attendre », se disait-il, et c'était un proverbe des Cévennes. Il ne fallait pas se révolter.

Il aimait par-dessus tout l'impossible bonté, la primaire candeur de l'enfant. Le pardon était dans sa nature puisqu'il n'émettait aucun jugement. Son âme ignorait, de façon absolue, la cruauté. Son bonheur se réduisait à des choses simples, la propreté, la satiété, le moelleux de son pyjama violet ou une caresse. L'aîné comprenait qu'il tenait là l'expérience de la pureté. Il en était bouleversé. Aux côtés de l'enfant, il ne cherchait plus à brusquer la vie dans la crainte qu'elle ne lui échappe. La vie, elle était là, à portée de souffle, ni craintive ni combattante, juste là.

Progressivement, il décoda ses pleurs. Il sut lequel témoignait d'un mal de ventre, d'une faim, d'un inconfort. Il possédait déjà un savoir censé être découvert beaucoup plus tard, comme changer une couche et donner une purée de légumes. Régulièrement, il tenait à jour une liste de choses à acheter, comme un autre pyjama violet, de la muscade pour parfumer les purées, de l'eau nettoyante. Il donnait la liste à sa mère qui s'exécutait avec, dans les yeux, un murmure de remerciement. Il aimait la sérénité de l'enfant lorsqu'il sentait bon et qu'il avait chaud. Alors l'enfant gloussait de confort, puis la voix s'élevait vers les airs comme un chant ancien, les lèvres retroussées en un sourire, les cils battants, la voix plus haute, en une mélopée qui ne disait rien d'autre que les besoins primitifs rassasiés, et peut-être aussi la tendresse rendue.

L'aîné lui fredonnait des petites chansons. Car il comprit vite que l'ouïe, le seul sens qui fonctionnait, était un outil prodigieux. L'enfant ne pouvait ni voir ni saisir ni parler, mais il pouvait entendre. Par conséquent, l'aîné modula sa voix. Il lui chuchotait les nuances de vert que le paysage déployait sous ses yeux, le vert amande, le vif, le bronze, le tendre, le scintillant, le strié de jaune, le mat. Il froissait des branches de verveine séchée contre son oreille. C'était un bruit cisaillant qu'il contrebalançait par le clapotis d'une bassine d'eau. Parfois il nous déchaussait du mur de la cour pour nous lâcher de quelques centimètres afin que l'enfant perçoive l'impact sourd d'une pierre sur le sol. Il lui racontait les trois cerisiers qu'il y a longtemps, un paysan avait rapportés depuis une vallée lointaine, sur son dos. Il avait grimpé la montagne puis l'avait redescendue, courbé sous la charge de ces trois arbres qui, en toute logique, n'auraient pas pu vivre sous ce climat et dans cette terre. Pourtant, les cerisiers avaient miraculeusement poussé. Ils étaient devenus la fierté de la vallée. Le vieux paysan distribuait sa récolte de cerises que l'on dégustait avec solennité. Au printemps, ses fleurs blanches étaient connues pour porter bonheur. On les offrait aux malades. Le temps passa, le paysan mourut. Les trois cerisiers le suivirent. On ne chercha pas d'explication parce qu'elle était là, dans l'évidence des branches subitement rabougries : les arbres accompagnaient celui qui les plantait. Personne n'eut le cœur de toucher aux troncs secs et gris tant ils ressemblaient à des stèles, que l'aîné décrivait à l'enfant dans leurs moindres rainures. Il n'avait jamais autant parlé à quelqu'un. Le monde était devenu une bulle sonore, changeante, où il était possible de tout traduire par le bruit et la voix. Un visage, une émotion, un passé avaient leur correspondance audible. Ainsi l'aîné racontait ce pays où les arbres poussent sur la pierre, peuplé de sangliers et de rapaces, ce pays qui se cabre et reprend ses droits chaque fois qu'un muret, un potager, un traversier étaient construits, imposant sa pente naturelle, sa végétation, ses animaux, exigeant par-dessus tout une humilité de l'homme. « C'est ton pays, disait-il, il faut que tu l'écoutes. » Les matins de Noël, il malaxait les emballages de cadeau et lui narrait, en détail, la forme et les couleurs du jouet qui ne servirait pas. Les parents le laissaient faire, un peu perplexes, d'abord occupés à tenir debout. Les cousins, dans un élan de gentillesse fataliste, se mirent, eux aussi, à décrire à voix haute les jouets, puis, par extension, le salon, la maison, la famille – cela jusqu'au délire, et l'aîné riait aussi.

Lorsque la maison est couchée, il se relève. Pas encore un jeune homme, plus vraiment un petit. Il serre une couverture sur ses épaules. Il sort dans la cour et s'approche du mur. Il pose son front contre nous. Ses mains se lèvent à hauteur de sa tête. Est-ce une caresse ou bien le geste d'un condamné ? Il ne dit rien, immobile dans l'obscurité glaciale, son visage tout près de nous. Nous aspirons son souffle.

Aux beaux jours, lorsque la montagne semble s'ébrouer à la faveur des premiers rayons, l'aîné se dirige vers l'arrière de la maison. Le terrain monte, à rebours de la rivière qui multiplie les cascades. Il avance avec précaution, les bras chargés de ce grand enfant dont la tête dodeline. Sur sa hanche, rebondit un sac avec une bouteille d'eau, un livre et un appareil photo. Il repère l'endroit où le terrain devient plat. Les pierres forment une petite plage. Il dépose le corps avec délicatesse, la main contre sa nuque. Il cale sa taille, déplace un peu son menton pour qu'il reste à l'ombre d'un immense sapin. L'enfant soupire d'aise. L'aîné frotte les aiguilles qui libèrent un parfum de citronnelle et les lui passe sous le nez. Ces sapins ne sont pas d'ici, c'est sa grand-mère qui les a plantés il y a longtemps. Il faut croire qu'ils ont aimé cette montagne car ils ont pris, et poussé, même si leur majesté est devenue encombrante. On ne compte plus les branches tombées sur les poteaux électriques et la terre privée de lumière par leurs sommets. L'aîné voit toujours ces sapins comme des anomalies, et sans doute n'est-ce pas un hasard s'il couche son frère dessous.

Il aime cet endroit. Il se tient assis près de l'enfant. Il a replié ses genoux qu'il tient entouré de ses bras. Il lit puis, lorsqu'il a fini de lire, il ne parle pas. Il ne lui décrit rien. Le monde vient à eux. Les libellules turquoise grésillent lorsqu'elles passent près de l'oreille. Les vernes laissent traîner leurs branches dans l'eau, créant un bouchon de vase gluante. Les arbres forment deux murs autour du corridor de la rivière et s'il avait de l'imagination, l'aîné pourrait se croire dans un salon, avec les pierres plates et le plafond de sapin. Il prend quelques photos. Ici la rivière est calme, si transparente que l'on voit le tapis de galets dorés au fond. Puis la surface se plisse et dévale en bouillons blancs qui s'écrasent dans des bassins immobiles, lesquels s'étréciront à leur tour en cascades. L'aîné écoute la cavale de cette rivière, son élan. Autour, veillent des murailles ocre et vert, des branches ondulantes comme des mains et des fleurs en forme de confettis.

Souvent, sa sœur cadette le rejoint. Leurs deux années d'écart semblent parfois vingt ans. Il la regarde avancer lentement dans l'eau gelée, rentrant le ventre en écartant les doigts. Parfois, accroupie les chevilles dans l'eau, concentrée, elle essaie d'attraper les araignées d'eau qui glissent à la surface, pousse un cri de joie quand elle en tient une. Elle patauge, saute, monte un barrage de cailloux ou un petit château. Elle invente des histoires, elle a l'imagination qu'il n'a pas. Un bâton se transforme en épée, la coque d'un gland devient un casque. Elle parle à mi-voix, concentrée. La lumière enrobe ses cheveux bruns, trop longs, qu'elle repousse d'un geste impatient. L'aîné adore la regarder vivre. Il note qu'elle n'a plus besoin de brassards maintenant. Que son épaule ne rougit pas grâce à la crème solaire. Subitement, il pense au nid de frelons qui, l'été dernier, se cachait dans le grand sapin. Il se lève, vérifie puis se rassoit. Il se tient là, le cœur tendu mais content, entouré de ceux qu'il aime, sa sœur, son frère et nous les pierres, en forme de lit ou de jeux.

Peu à peu, l'enfant reconnut sa voix. Désormais il souriait, babillait, pleurait, s'exprimait en nourrisson tandis que son corps grandissait. Comme il était allongé et qu'il ne mâchait pas, son palais se creusa. Son visage, de fait, devint plus ovale, agrandissant encore ses yeux. L'aîné restait de longs moments à tenter de suivre ces billes noires qui semblaient danser lentement. Jamais il ne pensa aux autres enfants qui, à cet âge, auraient effectué d'immenses progrès. Il ne le comparait pas. Moins par réflexe de protection qu'en vertu d'un bonheur plein, complet, si original que la norme lui paraissait fade. Par conséquent, il s'en désintéressait.

On posait l'enfant sur le canapé, la tête calée sur un coussin. Cela suffisait à le rendre heureux.

Il écoutait. À son contact, l'aîné apprit le temps creux, l'immobile plénitude des heures. Il se coula en lui, comme lui, pour accéder à une exceptionnelle sensibilité (froissement au loin, rafraîchissement de l'air, murmure du peuplier dont les petites feuilles, retournées par le vent, brillent comme des paillettes, épaisseur d'un instant chargé d'angoisse ou rempli de joie). C'était un langage des sens, de l'infime, une science du silence, quelque chose qu'on n'enseignait nulle part ailleurs. À enfant hors norme, savoir hors norme, pensait l'aîné. Cet être n'apprendrait jamais rien et, de fait, c'est lui qui apprenait aux autres.

La famille acheta un oiseau pour que l'enfant entende les piaillements. On prit l'habitude d'allumer la radio. De parler fort. D'ouvrir les fenêtres. De faire entrer les sons de la montagne afin que l'enfant ne se sente pas seul. La maison résonna du bruit des cascades, des cloches des moutons, des bêlements, d'aboiements de chiens, de cris d'oiseaux, de tonnerre et de cigales. L'aîné, lui, ne s'attardait pas à la sortie du collège. Il courait vers son car. Dans sa tête, s'entrechoquaient des pensées qui n'avaient rien à faire là. Reste-t-il du savon doux pour le bain, du sérum physiologique, des carottes pour une purée ? Le pyjama en coton violet était-il sec ? Il n'allait pas chez des copains. Il ne regardait pas les filles, n'écoutait aucune musique. Il travaillait beaucoup.

L'enfant passa ses quatre ans. Il était plus lourd à porter – puisque sa croissance se poursuivait. On l'habillait de pyjamas qui ressemblaient à des survêtements, le plus épais possible car l'immobilité faisait de lui un être frileux. Il fallait le déplacer souvent, autrement sa peau rougissait par plaques. La position allongée avait aussi entraîné une luxation de ses hanches. Cela ne le faisait pas souffrir mais il gardait les jambes arquées. Elles étaient maigres, d'une pâleur presque aussi translucide que son visage. L'aîné lui massait souvent les cuisses avec de l'huile d'amande. Car il s'était attaqué au toucher. Il ouvrait doucement les petites mains toujours fermées pour les poser sur une matière. Du collège, il rapporta de la feutrine. De la montagne, des petites branches de chêne vert. Il caressait l'intérieur de ses poignets avec une brassée de menthe, faisait rouler des noisettes sur les doigts, lui parlait toujours. Les jours de pluie, il ouvrait la fenêtre et glissait le bras de son frère à l'extérieur, afin qu'il sente le contact de l'averse. Ou bien il soufflait doucement dans sa bouche. Le miracle avait souvent lieu. La bouche de l'enfant s'étirait en un immense sourire, assorti d'un filet de voix ravi. C'était béat, un peu niais, cela prenait appui sur un silence et cela repartait, un peu plus aigu, un peu plus ouvert, c'était une musique, pensait l'aîné. Il ne se demandait pas, comme le faisaient ses parents la nuit, quelle aurait été sa voix s'il avait pu parler, quel caractère aurait été le sien, enjoué ou taciturne, casanier ou turbulent, quel aurait été son regard s'il avait pu voir. Il le prenait tel qu'il était.

Un après-midi d'avril, durant les vacances de Pâques, il profita de ce que ses parents faisaient les courses pour l'emmener au parc. C'était un espace vert à la sortie du bourg, jalonné de tourniquets et de balançoires. Les parents acceptèrent d'un hochement de tête inquiet, promirent de faire vite puis se dirigèrent vers le magasin d'alimentation. L'aîné extirpa l'enfant de son siège spécial auto. C'était tout un art désormais. Il fallait caler ses fesses sur l'avant-bras et maintenir sa nuque. L'aîné sentait le souffle de l'enfant dans son cou. Il commençait à peser son poids. De loin, on aurait dit un enfant évanoui.

Il traversa la route, franchit le portail et l'allongea délicatement sur la pelouse. Il s'étendit sur le dos, à ses côtés, pour lui décrire à voix basse le paysage autour d'eux. Les cris venant du bac à sable, le grincement des tourniquets, l'écho lointain d'un marché les enveloppaient d'une ouate sonore. Il ponctuait ses paroles d'un baiser sur son poignet. Il surveillait les mouches. Sa crainte était qu'un insecte n'entre dans la bouche de l'enfant (qui respirait lèvres entrouvertes, en raison de son palais creux). Soudain une ombre recouvrit son visage. Il entendit une voix.

« Mon garçon, pardon d'intervenir. Tu me fais de la peine. Enfin. Pourquoi garder des petits singes ? Pour gagner plus d'argent ?... »

C'était l'intervention d'une mère de famille, animée de louables intentions – en général, l'équipement des grands meurtriers. L'aîné se redressa sur ses avant-bras. La dame n'était pas du village. Elle n'avait pas l'air méchant.

« Mais madame, c'est mon frère », dit-il.

Elle toussa, gênée. Se détourna et lança des prénoms. Sur le coup, l'aîné ne ressentit ni chagrin ni colère. Il n'envisageait pas la malveillance. Cette femme était à côté de la plaque, voilà tout. Et l'enfant avait droit à sa part de bien-être.

Plus tard, viendrait la gêne des regards posés sur la poussette, un sentiment de honte qu'il vivrait comme une trahison envers son frère. Serait tracée l'invisible et immense frontière avec *eux*, forts de leur normalité conquérante. *Eux*, ce seraient la fierté bruyante des familles, ces êtres de cavalcades et de tapage, irradiant de vie, ignorant les corps amorphes et les palais creux, jaillissant des voitures sans avoir besoin de s'extraire d'un siège spécial ; ce seraient les pauvres chagrins des camarades de classe dont l'univers vacillerait à cause d'une mauvaise note ; le sourire d'une insoutenable gentillesse, ou même de pitié, qui rendrait le dégoût presque préférable. Ce seraient les centaines de milliers de minuscules circonstances qui renverraient l'aîné à la solitude. Alors, forcément, la montagne apparaissait comme une masse dénuée de morale, accueillante comme le sont les animaux. Il y avait là l'étymologie du refuge, *fugere* c'était s'enfuir. La montagne permettait le recul, un pas en arrière du monde. En même temps, l'aîné le savait, il faudrait composer avec *eux*, parce qu'*ils* étaient la vie majoritaire et grouillante. Il ne fallait pas s'en couper. L'aîné les considérait comme un abreuvoir où étancher sa soif de normalité. Un goûter d'anniversaire, un concours de tir à l'arc, un dîner avec des amis de ses parents, une sortie au supermarché comblaient l'isolement, rappelaient que les autres vous maintenaient debout, signaient une appartenance, palpitaient comme un gros cœur. Dans la queue du supermarché, la file d'attente de la cantine, au seuil d'une maison décorée de ballons, l'aîné pouvait faire semblant d'être comme les autres. Puisque le caddie était rempli de couches, de petits pots et d'huile d'amande douce, on pouvait faire semblant d'avoir un bébé à la maison. Chez les copains, il répondait « deux » quand on lui demandait : « Combien as-tu de frères et sœurs ? » Puis trouvait une parade pour ne pas répondre à : « Ils sont en quelle classe ? » Il apprenait à ruser. Il avait honte de devoir ruser. Il aurait aimé pouvoir dire « deux, dont un qui est handicapé », aurait rêvé que l'on passe à autre chose, comme si c'était naturel. Au lieu de ça, il se sentait coupable. Les terribles *autres* avaient ce pouvoir de créer une faute là où il n'y en avait pas, à l'image de cette camionnette bariolée, diffusant une musique très forte, qui sillonnait chaque été la vallée pour vendre des beignets de châtaigne. Les cousins guettaient la camionnette, les adultes sortaient des maisons, un porte-monnaie à la main. À peine achetés, les beignets étaient déjà entamés à pleines dents, les enfants suppliaient qu'on en prenne d'autres. Lorsque l'aîné entendit les premières notes de la camionnette, il était dans le verger en contrebas de la route, au bord de l'eau, occupé à ramasser des pommes dans un torchon. Elles n'étaient pas mangeables, emplies de vers ou grignotées par les oiseaux, mais cela n'avait pas d'importance. Il avait déménagé l'enfant et son transat jusque dans ce verger pour lui faire sentir, au creux de la main, la forme cabossée des reinettes. Il aimait bien cet endroit frais, planté d'arbres au tronc grillagé, juste après le pont. Comme on était en contrebas de la route, les voitures ne le voyaient pas. D'ailleurs, à l'approche du moteur, l'aîné redressa la tête. Au-dessus de lui, la camionnette passa, la nuée de cousins surgit presque aussitôt. Que faire ? Rester là et se priver de beignets ? Impensable. Revenir discrètement, lesté d'un enfant mou ? Évidemment non. Alors, sans réfléchir, il fit rouler les pommes du torchon, claqua le tissu et en recouvrit l'enfant. Il remonta la pente du verger, atteignit la route, le pont, et bondit vers la camionnette sans se retourner.

Il se mêla aux cousins excités, aida sa sœur à déballer son beignet. Il sourit comme les autres. Il n'osait pas tourner la tête vers le verger. Le beignet avait un goût de carton.

Lorsque la camionnette repartit, qu'elle s'engagea sur la route étroite, il s'éclipsa discrètement et courut. Il manqua déraper sur le gravier de la pente qui menait au verger. Il vit l'herbe, l'ombre dansante des branches, l'armature du transat, puis le torchon blanc ; des cheveux bruns dépassaient, deux petits poings serrés sortaient de chaque côté ; les pommes étaient au sol. L'enfant ne pleurait pas, attentif à cette matière douce qui soudain l'avait recouvert. Sa tête étant sur le côté, il avait pu respirer. L'aîné s'agenouilla, la gorge nouée. Il ôta le torchon. Redressa délicatement la tête. Posa sa joue contre la sienne en murmurant plusieurs fois « pardon ». L'enfant n'émit aucun son, clignait des yeux, gêné par les gouttes tièdes et salées qui tombaient sur son visage.

Mais pour l'heure, au moment où la mère de famille était intervenue au parc, il ne connaissait pas la nocivité des autres, leur bêtise et leur tyrannie. Les camionnettes pouvaient passer. Cela lui était égal. Sa ligne de route, c'était de faire comme la montagne, protéger. L'inquiétude ourlait sa vie. Il touchait les mains de l'enfant pour vérifier sa température, ajustait l'écharpe de sa cadette, lui interdisait d'approcher les rayoles, ces petites brebis nerveuses qui avançaient en rang serré sur la route. Un jour elle revint avec un loir blessé, il lui ordonna de le jeter à l'eau. Il éprouvait envers sa sœur ce même réflexe protecteur qui lui interdirait plus tard d'avoir des enfants. À trop frémir au moindre bruit du monde, à craindre le pire, on n'équilibre personne. C'était le prix à payer, pensait-il. C'était sa mission, inscrite aussi profondément que les stries ocre qui ornent les pierres. La fois où l'on avait abattu l'immense cèdre près du moulin, tout le monde avait cherché les enfants pour qu'ils voient le spectacle. Ils étaient introuvables. L'aîné, qui craignait qu'une branche ne blesse sa sœur, l'avait emmenée plus haut dans la montagne, cueillir des asperges sauvages. Ils passèrent la matinée penchés vers le sol, à guetter les torsades hérissées d'épines. Il se fit punir, resta impassible, car pour lui cela ne se discutait pas. Abattre un cèdre était dangereux, il avait éloigné sa sœur. C'était sans appel – puisque la vie peut renverser les bonheurs si facilement. Puisqu'une enfance peut basculer, un corps ne pas répondre, des parents souffrir. Un jour, un professeur lui demanda ce qu'il souhaitait faire comme métier, il répondit : « Aîné. »

Sa cadette, elle, paraissait insouciante. La petite fille était fraîche et jolie. Elle déguisait parfois l'enfant, qu'elle apparentait à une poupée vivante. L'aîné n'aimait pas cela. Il fronçait les sourcils et enlevait le maquillage, le chapeau de dentelle, les bracelets. Il ne lui en voulait pas. Il trouvait là le réconfort d'une vivacité, et cette turbulence lui faisait du bien, le changeait d'un être allongé comme un vieillard. Il puisait en elle la joie qu'il n'avait plus. La cadette ne semblait pas réellement saisir la situation. Elle continuait à poser des questions, faire des caprices, s'envoler dans des histoires imaginaires. Elle continuait d'être enfant. Il lui enviait cette douce innocence, jusqu'au moment où une fille du hameau voisin vint jouer dans la cour. Elle désigna l'aîné du menton et demanda à la cadette si elle avait d'autres frères et sœurs. Cette dernière répondit non.

Un jour, la pouponnière qui gardait l'enfant dans la journée informa les parents qu'elle n'était plus apte à s'en occuper. C'était un établissement à l'entrée de la ville qui, normalement, prenait en charge les enfants défavorisés, en attente, en transit, parfois légèrement handicapés, mais pas du niveau de l'enfant. Le personnel ne disposait pas du matériel requis, encore moins de formation spécifique. Or, depuis peu, l'enfant était parfois secoué de tremblements nerveux. Ses yeux clignaient très vite, ses poings bougeaient de façon saccadée. Des petites crises d'épilepsie, avait prévenu le professeur, rien de douloureux pour lui, cela passait avec des gouttes de Rivotril mais c'était assez spectaculaire pour effrayer. L'enfant avait aussi avalé de travers, plus d'une fois, et les dames de la pouponnière, affolées devant sa toux, se sentaient désarmées. Sans parler de l'épidémie de grippe, qui pouvait mettre à terre un corps aussi fragile. Il fallait lui trouver *une place*. Existait-il des organismes, des instituts, des maisons spéciales ? demandèrent les parents. Très peu. Leur pays voulait du solide, du bon rouage. Il n'aimait pas les différents. Il n'avait rien prévu pour eux. Les écoles leur fermaient la porte, les transports n'étaient pas équipés, la voirie était un piège. Le pays ignorait que, pour certains, la volée de marches, le rebord et le trou valaient pour falaise, muraille et gouffre. Alors, un endroit dédié aux inadaptés... Nous pouvions entendre, et deviner, par la porte ouverte sur la cour, les bribes d'informations et les voix chargées de questions. Au fil des années nous en avions vu, des instants de solitude comme ceux-là. Car les parents étaient seuls. Ils prirent l'habitude de se rendre en ville pour des marathons administratifs. Nous les voyions partir tôt, monter vers le petit parking, s'engouffrer dans la voiture. Ils emportaient deux sandwichs, une bouteille d'eau. Ces déplacements pouvaient durer une journée entière. Dans les mairies, les services sociaux, les instances prétendument dédiées à l'aide des familles, les ministères, on leur enfonçait la tête sous l'eau, multipliant les difficultés. Le parcours était glacial, inhumain, jalonné d'acronymes, MDPH, ITEP, IME, IEM, CDAPH. Les interlocuteurs se montraient absurdement tatillons ou d'une odieuse nonchalance, cela dépendait. Les parents en parlaient le soir à voix basse. Ils durent se plier à des règles folles. Ils entrèrent dans des pièces grises où les attendait un jury qui déciderait si, oui ou non, ils seraient éligibles à une allocation, un recours, une étiquette, une *place*. Ils durent prouver que, depuis la naissance de l'enfant, la vie avait changé à leurs frais ; prouver aussi que leur enfant était différent, certificats médicaux, bilans neuropsychométriques, classés dans une pochette plus précieuse encore que leur portefeuille. On leur demanda aussi de dessiner un « projet de vie » alors que, de celle d'avant, il restait si peu. Les parents en croisèrent d'autres, brisés, à court d'argent, car les aides tardaient à tomber, ou ahuris parce qu'un département ne transmettait pas le dossier à un autre département, et qu'en cas de déménagement il fallait tout reprendre à zéro. Ils découvrirent l'obligation, tous les trois ans, de prouver que l'enfant était toujours handicapé (« Parce que vous pensez que ses jambes ont repoussé en trois ans ? » avait hurlé une mère devant un bureau). Entendirent un couple craquer car, visiblement, leur enfant n'était pas assez inadapté pour bénéficier d'aide, mais trop pour espérer être inséré. La mère avait cessé de travailler pour s'occuper de l'enfant puisque personne ne le prenait en charge. Les parents découvrirent le grand no man's land des marges, peuplées d'êtres sans soin ni projet ni ami. Ils apprirent que la maladie mentale, handicap invisible, ajoutait une difficulté supplémentaire, « il faudrait que ma fille soit amochée physiquement pour que vous bougiez votre cul ? » grinça un père à l'accueil d'un centre médico-social, ouvert seulement le matin. Plus d'une fois, l'aîné vit ses parents épuisés se lever tôt, rentrer bredouilles, remplir des papiers, des dossiers, faire la queue, courir après les certificats, être suspendus au téléphone, contester une date ou donnée fausse, en réalité devenir suppliants, pensait-il, si bien qu'il en conçut une haine inextinguible envers l'administration. Ce fut le seul sentiment négatif qui s'ancra en lui de façon définitive, au point, une fois adulte, de ne pouvoir approcher aucun guichet, quel qu'il soit, souscrire à rien, remplir aucun formulaire. Il ne renouvela pas ses cartes ni ses abonnements, préféra payer des amendes et des surcoûts plutôt que se frotter une seconde à cette bureaucratie. Il ne demanda aucun visa de toute sa vie, ne mit jamais les pieds chez un notaire ou dans un tribunal, n'acheta ni voiture ni appartement. Personne ne comprit jamais ce blocage, sauf la cadette, qui savait démarcher les impôts pour le prélèvement à la source, annuler un forfait téléphonique, régler une mutuelle. La seule exception fut le renouvellement de la carte d'identité, qui exigeait la présence de l'aîné. La cadette planifia le rendez-vous, monta le dossier, l'accompagna, sans oser lui adresser un mot tant l'aîné, raide et transpirant sur sa chaise en plastique, ne demandait qu'à fuir.

À bout de tristesse, les parents se tournèrent vers d'autres solutions. Ils cherchèrent plus loin, plus spécifique, plus cher. Ils envisagèrent même de placer leur enfant à l'étranger, dans un pays qui ne verrait pas les atypiques comme des poids. Mais ils renoncèrent car l'idée même de savoir leur petit si loin les accablait. À la nuit tombée, dans la cour, la mère s'essuyait les yeux puis allumait une cigarette. Le père lui resservait une verveine, suspendait son geste, allait chercher une bouteille de vin.

Ils entendirent parler d'une maison. Une maison isolée, à des centaines de kilomètres d'eux, en forme de L, posée sur une prairie, remplie d'enfants comme le leur, choyés par des bonnes sœurs. Où vivaient-elles, rentraient-elles le soir, étaient-elles originaires de la région ? Savaient-elles que l'enfant était frileux mais que la laine le grattait, qu'il aimait la purée de carottes et caresser l'herbe, qu'un claquement de porte le faisait sursauter ? Et pourraient-elles faire face à une crise de tremblements, une bouchée avalée de travers ou un chalazion, cette inflammation des paupières que l'enfant développait de plus en plus souvent ? L'aîné n'obtint jamais de réponse. Il détesta ce paysage plat et sans pierres, ce climat doux. Il jugea absurdes les murs ceinturant la maison et le jardin. Comme si l'enfant pouvait s'enfuir à toutes jambes, pensa-t-il. Passé un portail bleu, la voiture roula sur du gravier qui crissa trop fort. La maison était basse, en toit de tuiles, aux façades blanches, et l'espace d'une seconde, la nostalgie des murs couleur sable de son pays, une teinte si particulière du schiste mêlé à la chaux, lui serra le cœur. Il se vit tourner les talons, saisir l'enfant depuis son fauteuil de voiture et courir dans la plaine, la main sur sa nuque. De fait, plongé dans cette pensée, il ne répondit pas au salut des dames en cornette blanche.

Il ne quitta pas la voiture. Il refusa la visite des lieux, ainsi que l'au revoir. Il se concentra sur les bruits comme l'enfant le lui avait appris. Chuintement du coffre, glissement du sac que l'on tire (avait-on mis dedans son pyjama violet, son préféré ? Et un caillou de la rivière, une branche, quelque chose qui lui rappellerait les montagnes ?), pas sur le gravier, grincement du portail, silence, quelques pépiements d'oiseaux qu'il ne reconnut pas, bruit de pas à nouveau, claquement de portière, toux du moteur. Il laissa les yeux noirs sur une prairie et retourna à sa vie.

Son père plaisanta sur les bonnes sœurs, les cousins téléphonèrent en riant sur l'infortune de devoir frayer avec « les papistes ». Mais tout le monde fut soulagé de savoir que l'enfant était pris en main. Tout le monde, sauf l'aîné.

Au creux de lui s'installa la tristesse. Il évitait les coussins du canapé, encore moulés du corps de l'enfant. Ne retourna plus près de la rivière. N'établit plus de listes, changea sa routine du matin. Il s'attarda à la sortie du collège, puisque désormais plus personne n'avait besoin de couches ni de purée de carottes.

Il coupa ses cheveux, porta des lunettes. Il s'investit dans son nouveau lycée comme peuvent s'investir ceux dont la mémoire déborde, avec un sérieux intimidant. Les autres se tenaient autour de lui, ces fameux autres qui avaient construit, d'un regard, un barrage entre son frère et le reste du monde. Il fallait faire avec eux. Il le savait. Il les intégra suffisamment à sa vie pour ne pas être écarté, mais pas assez pour s'ouvrir et s'attacher. Il se mêla aux groupes, trouva toujours quelqu'un pour déjeuner au self, se rendit à quelques soirées. Il évita d'être seul alors qu'il était solitaire. Tout était calcul et apparence. Ses réveils étaient gonflés de larmes car, à l'instant où il ouvrait les yeux, il entendait d'abord le bruit de la rivière, puis dans la seconde suivante venait la certitude du petit lit sans drap, à deux pas de sa chambre. Alors son cœur se durcissait, il le sentait physiquement se racornir, devenir un bloc compact et lourd, et l'instant d'après il explosait sans bruit, libérant des milliers d'éclats coupants qui entailleraient sa journée à venir. Il touchait sa poitrine et s'étonnait toujours de ne pas saigner. Il respirait mal, restait ainsi, les pieds nus posés sur le carrelage, le haut du corps penché. Il puisait quelque part le courage de se lever, passer devant la chambre de l'enfant, affronter la baignoire vide. Au bord du lavabo, le flacon d'huile d'amande douce ne servait plus.

Où qu'il aille, il devait supporter le manque physique. C'était le plus dur. Le toucher de la peau pâle et douce, le joue-contre-joue, son odeur, la texture de ses cheveux, et les yeux noirs qui errent. Le geste de le soulever par les aisselles, le contact du corps hissé contre la poitrine, la respiration dans le cou. L'odeur de fleur d'oranger. L'immobilité paisible, et cette douceur, ô l'immense douceur qui l'aidait à vivre. Il fallait aussi affronter le souci permanent de savoir si on s'occupait bien de lui. Il était terrifié à l'idée qu'il ait froid. Qu'au moment où lui, l'aîné, travaillait un devoir, s'asseyait dans le bus, cueillait les premières figues, à cet instant-là précisément, l'enfant puisse avoir froid. La superposition de ces deux temporalités lui était insupportable. S'ajoutait la crainte qu'il soit malmené par des mains ignorantes. Alors il se rendait souvent dans le verger où il avait recouvert son frère d'un torchon, et regardait les pommes au sol. Il savait bien que c'était inutile de rester planté là, dans le creux du souvenir, mais il n'y pouvait rien. C'était un moyen de calmer son cœur devenu fou, une façon d'être avec l'enfant.

Un jour ses parents l'emmenèrent au mariage d'une cousine. Il n'aimait pas la foule, encore moins les tenues apprêtées et les politesses d'usage. Mais il savait se faire violence, et puis ses parents avaient l'air heureux. Sa mère avait lissé ses cheveux, son père était penché vers elle et elle souriait. Assis autour de cette table ronde dans l'herbe, avec les montagnes en toile de fond, il apparenta cet instant à du répit. Pour les gens comme lui, ces fêtes offraient une trêve. Il chercha des yeux sa cadette, la distingua parmi des sportifs qui s'entraînaient sur des agrès entre deux arbres, lorsqu'une phrase résonna, quelque chose comme « aimer, ce n'est pas se regarder l'un l'autre, c'est regarder ensemble dans la même direction ». Elle était prononcée au micro par le témoin. C'était la phrase qui, immanquablement, ressortait à chaque discours de mariage ; elle était, paraît-il, de Saint-Exupéry, et il la détesta tant il la trouvait idiote. C'était une logique d'équipe, pas de couple. Quel drôle de monde où l'on apparente l'amour à un but, et quel dommage de ne pas comprendre qu'au contraire, l'amour c'est se noyer dans les yeux de l'autre, même si ces yeux sont aveugles. Il se sentit seul. Il regarda brièvement autour de lui. Les gens écoutaient ce discours. Il aurait donné n'importe quoi pour avoir l'enfant avec lui. Il l'aurait posé sur l'herbe et aurait plongé son regard dans le sien. Il se souvint du choc ressenti lorsque sa professeure de français leur avait fait étudier le mythe de Tristan et Iseut. Si ces deux-là avaient dû « regarder ensemble dans la même direction » ! Ils s'étaient fondus l'un dans l'autre, justement, et lui qui préférait les mathématiques à la littérature avait pourtant un faible pour ces amants. Il comprenait très bien le mépris des règles lorsqu'un amour puissant l'exige.

Dans son nouveau lycée, l'ouïe sensible qu'il avait développée l'amena à sursauter au moindre son. Il détestait les cavalcades, les cris, les injonctions lancées d'un groupe à l'autre devant les grilles. Il ne le montrait pas. Le bruit pouvait lui faire monter les larmes, car alors il cherchait la présence douce et le silence, le souffle régulier. Au fond, pensait-il, c'est moi qui suis inadapté. Et l'idée qu'à ce moment précis l'enfant respirait sans qu'il puisse le voir, qu'il existait toujours mais loin de lui, générait une douleur si vive qu'il avait développé des parades. C'est pourquoi il cessa complètement de lire et se concentra sur les sciences. Les sciences, au moins, ne faisaient pas mal. Elles ne lançaient aucune passerelle vers la mémoire, ne cherchaient pas les sentiments. Les sciences étaient comme la montagne, posées là que cela plaise ou non, insensibles aux chagrins. Elles détenaient la justesse. Elles dictaient leur loi, c'était juste ou faux, c'était calme ou c'était l'orage. L'aîné s'immergeait dans des problèmes géométriques, des énigmes écrites sans mots, une arithmétique qui déroulait ses pages comme un manuscrit de langue primitive. Il s'agissait de démonstration. C'était froid et apaisant. Lorsqu'il relevait la tête, il sentait monter envers les bonnes sœurs une colère jalouse qu'il ne pouvait pas contrer. Alors il replongeait vers les chiffres.

Des années plus tard, il comprendrait que ces femmes, elles aussi, étaient arrivées à un niveau inouï d'infralangage, capables d'échanger sans mots ni gestes. Qu'elles avaient compris, depuis longtemps, cet amour si particulier. L'amour le plus fin, mystérieux, volatil, reposant sur l'instinct aiguisé d'animal qui pressent, donne, qui reconnaît le sourire de gratitude envers l'instant présent sans même l'idée d'un retour, un sourire de pierre paisible, indifférent aux demains.

Chaque début de vacances, la famille remontait des montagnes jusqu'à la prairie pour reprendre l'enfant. L'aîné voyait approcher le portail bleu, entendait le gravier. Il ne descendait pas de la voiture. Les bonnes sœurs sortaient sur le perron avec l'enfant dans les bras. Elles maintenaient bien sa tête, le sanglaient patiemment dans le siège spécial à l'arrière de la voiture. La mère caressait les cheveux de l'enfant, remerciait les bonnes sœurs. L'aîné regardait droit devant lui. Son cœur battait dans son ventre, ses doigts, ses tempes, il pensait qu'il allait exploser tout entier. Il sentait un effluve nouveau, ce n'était pas la fleur d'oranger qu'il connaissait mais une odeur plus sucrée. Il sentait aussi qu'il allait se pencher vers le cou, poser la joue contre la sienne, dans ce contact tant regretté. Alors, dans un geste de résistance désespérée, il ôtait ses lunettes. Myope, il ne risquait pas, ainsi, de le voir. Car le voir, cela signifiait repartir de zéro. Cela enclenchait la remontée de tous ces jours sans lui, sans la peau douce et le sourire. Cela dessinait le prochain départ, encore plus douloureux. Le voir détruisait d'un coup tout le travail de vaillance. Cela voulait dire se coucher à terre et mourir.

Donc l'aîné rangea ses lunettes. Il serra les dents tout au long du trajet. Il s'obligea à garder la tête tournée vers la vitre, dans un brouillard. Les taches vertes, blanches et marron se succédaient à grande vitesse. L'espace d'un instant, il céda, pivota pour jeter un œil vers le fauteuil spécial près de l'autre vitre. Il fut soulagé, il ne distinguait rien, sauf peut-être les petits mollets maigres qui maintenant dépassaient, et d'ailleurs, que portait-il aux pieds ? Des chaussons, mais qui venaient d'où ? Il s'interrompit, s'obligea à se détourner. Il ignora sa sœur qui l'observait, se concentra sur les taches au-dehors, frotta ses yeux qui le brûlaient. Sa mère changea l'enfant sur les aires d'autoroute, lui donna à manger, gazouilla à son oreille. Cela rassurait l'aîné de voir l'enfant choyé. Mais il resta obstinément aveugle à son frère, dans la terreur d'être submergé.

Ils arrivèrent dans la cour. En premier, d'un pas énergique, la cadette. Elle n'était plus une fillette mais toujours aussi enjouée, vive, et cette fois elle gardait un œil sur son grand frère. C'était son tour de veiller sur lui. Puis vint l'aîné. Il avait les bras vides. Derrière, sa mère portait l'enfant. Elle avançait avec précaution. Il avait grandi, l'écart était large entre ses fesses et sa tête, qu'il fallait maintenir sans tordre son dos. Elle le posa sur les grands coussins, le temps d'ouvrir la maison. Alors nous vîmes l'aîné tirer une chaise en plastique, loin de son frère, s'asseoir et plisser les yeux. Il essayait de le distinguer. Il n'avait pas remis ses lunettes, puisque le voir était au-dessus de ses forces. Mais le trajet en voiture lui avait fait comprendre ceci : ne plus le voir, c'était aussi au-dessus de ses forces. Donc il tentait de le voir *quand même*.

Il fit cela à toutes les vacances. S'installer dans la cour, sous prétexte de finir un exercice de mathématiques, puis lever la tête. Ses yeux étaient fendus, son visage crispé, afin de deviner l'enfant allongé. Il ne lui donnait plus à manger, ne lui parlait plus, ne le touchait plus. Mais il rinçait longtemps ses mains, la tête tournée vers la baignoire, tandis que sa mère lavait l'enfant. Il épluchait les légumes à côté du canapé et s'interrompait souvent, tout son être crispé dans un effort, une certitude : ne pas s'approcher, ne pas poser sa joue contre la sienne.

Parce que sa myopie ne lui autorisait qu'une silhouette vaporeuse, il se rabattit sur l'ouïe. Il savait faire. Il écoutait son frère respirer, toussoter, avaler sa salive, soupirer, gémir. La nuit, il s'éveillait en sursaut, s'extirpant d'images nauséeuses. Il rabattait ses draps. S'avançait sur les tomettes, poussait la porte à peine, de quoi voir les torsades du lit. Il n'avançait pas plus loin. Il écoutait l'enfant respirer. Il ne fallait surtout pas s'approcher. Il ne s'en remettrait pas. Il restait derrière la porte, tremblant, déchiré. C'était absurde. C'était ainsi. Face à l'épreuve, il s'adaptait.

La nuit, lorsqu'il se lève pour venir se coller au mur de la cour, poser son front contre nous, ses mains montent à hauteur de son visage et elles appuient. Son corps se tend, prêt à l'affrontement.

Les mois passèrent. Un été, l'aîné, presque jeune homme, boucla son sac à dos pour rejoindre des amis plus loin dans la région. Son voyage durerait quelques jours. Il salua ses parents, traversa la cour, lorsque, soudain, nous le vîmes faire volte-face. Comment s'étonner ? Les choses ne durent jamais et même nous, nous finirons en poudre. Pour lui, l'heure était venue de renouer. Était-ce l'imminence de son départ ou le trop-plein de ces mois de douleur loin de l'enfant ? Était-ce la maturité ou, au contraire, l'épuisement à ne pas parvenir à grandir, à se raisonner ? Quoi qu'il en soit, la certitude a éclos avant même qu'il ne passe la porte en bois. Vivre *à côté*, ce n'était plus possible. Il avait essayé. Il avait ôté ses lunettes, noué d'autres liens, nourri ses jours de présence et d'événements. Il s'était bagarré comme il fallait, s'était contenté d'une silhouette floue, avait réussi à ne pas s'approcher du lit les nuits d'insomnie. Et le résultat tenait en ces quelques mots : vivre *à côté*, ce n'était plus possible. L'aîné posa son sac à dos et grimpa l'escalier.

Ses pas le portèrent vers la chambre fraîche. Il poussa la porte, marcha vers le lit à volutes blanches. L'enfant, comme à son habitude, était allongé sur le dos. Il avait grandi. Il portait un pyjama violet de taille dix ans et des chaussons fourrés de laine de mouton. Ses poings étaient fermés. Sa bouche, entrouverte. Absolument semblable à lui-même. Ses yeux noirs erraient, à moins qu'ils ne suivent des trajectoires précises. Il écoutait la rivière et les cigales par la fenêtre ouverte. L'aîné s'agrippa aux volutes comme à une rambarde, se pencha vers le matelas. Parce que l'enfant avait la tête tournée vers la fenêtre, il offrait sa joue ronde et soyeuse. L'aîné s'y posa en oiseau qui rentre au nid, avec un tel soulagement qu'il en eut les larmes aux yeux. Remontèrent tous les mots enfouis depuis des mois. Il lui parla comme avant, sans effort, la joue contre la sienne, avec les intonations qu'il connaissait. Il lui raconta sa ruse misérable, ôter ses lunettes pour ne plus le voir tout en essayant, lui raconta le flux des jours sans lui. Son cœur s'ouvrait comme un fruit mûr. Pourtant l'enfant ne sourit pas, ne cligna même pas des yeux. Il regardait ailleurs et respirait doucement, comme toujours. Il ne reconnaissait plus sa voix. Depuis combien de temps l'aîné ne lui avait-il pas parlé ? Il se redressa, très pâle, saisit son sac et partit rejoindre ses amis.

Il tint quatre jours. Au cinquième, à l'aube, il fit du stop au bord d'une châtaigneraie. Dans l'après-midi, il poussa la porte en bois d'un coup d'épaule, passa dans la cour d'une allure martiale, traversa le salon sous les yeux médusés de ses parents et fila droit vers l'escalier. À croire que rien n'avait bougé depuis quatre jours : le lit, le voilage frappé de soleil devant la fenêtre ouverte, le grondement du torrent. Il ouvrit brusquement la porte. Se pencha à nouveau sur le lit, essoufflé. Lui parla encore, saccadé, balbutiant, sans retenir sa crainte de se savoir oublié. Il pleura comme des années auparavant, dans le verger, mouillant le visage de son frère, lui embrassant les doigts. Il lui demanda pardon. Alors l'enfant battit ses longs cils noirs, étira sa bouche. Monta un filet de voix heureux, monocorde, sauf à la dernière seconde où il s'envolait sur une tessiture légère, aérienne. L'aîné annonça qu'il finirait l'été ici.

Il avança vers les retrouvailles. Un jour, il apporta dans la cour une bassine d'eau tiède, une paire de ciseaux, un peigne. Il s'agenouilla près des coussins, mouilla doucement la tête en tapotant le front avec une serviette. Il lui coupa les cheveux d'un côté, puis il prit les joues entre ses mains pour tourner son visage et recommença l'opération. Il l'essuya comme on caresse. Ses gestes revenaient, intacts. Mais il fallait du temps, et l'été ne dure que deux mois. Lorsque la voiture se gara devant la maison sur la prairie, l'aîné ne descendit pas ni ne parvint à lui dire au revoir.

Néanmoins, son retour au lycée fut moins douloureux que les autres années. Il savait son frère à l'abri. Il se savait sur la route de sa vie future. Pour la première fois, ces deux données ne se heurtaient pas. Il songeait aux bonnes sœurs sans colère. Elles s'occupaient bien de lui. Il était rassuré. Il se souvenait, chaque jour, du chant heureux dans le lit à volutes, et il y puisait de l'énergie. Il sortit de ses mathématiques pour écouter de la musique, aller au cinéma, et découvrit les discussions. Bien sûr, il savait qu'il n'égalerait jamais les boute-en-train, il n'avait pas leur aisance. Il avait toujours sur lui une liste de sujets de conversation au cas où un silence s'installerait, qu'une question intrusive le chahuterait. Au cas où il serait remué par une phrase, amolli par un climat détendu. Il ne fallait pas se laisser toucher. C'était son interdit. Le prix à payer était trop élevé. Personne ne percerait donc ce bloc de crainte mais il parvint toutefois à baisser la garde. Il eut des fous rires, des abandons, et même une amourette. C'était tout ce qu'il pouvait offrir. Lorsqu'il pensait à l'enfant, il souriait. Il était loin mais il était là. L'aîné le sentait dans l'ondulation pressée d'une couleuvre d'eau, dans l'air saturé de poudreuses fleurs blanches ou à la levée du vent. Il lui semblait alors entendre le frisson des arbres autour de la rivière. La beauté aurait toujours une dette envers l'enfant. Cette conviction se transformait en muscle, en armature. La perspective de le voir aux prochaines vacances ne vrillait plus son cœur. Au contraire, il se sentait soulevé de joie, assez solide désormais pour garder ses lunettes et profiter de lui. Il avait hâte de retrouver sa quiétude. C'était un sentiment neuf et puissant. Car, enfin, l'épreuve avait mué en force. Il mesurait là son apport : inadapté peut-être, mais qui d'autre avait le pouvoir d'enrichir autant ? Sa seule existence était une expérience incomparable. Et même s'il avait perdu l'habitude de se confier, de s'ouvrir, d'inviter des amis, il avait reçu, en échange, cet amour précieux. Il envisagea donc, pour la première fois, de descendre de la voiture lorsque celle-ci s'arrêterait devant la maison sur la prairie. Peut-être même irait-il discuter un peu avec les bonnes sœurs.

Il en était là de sa renaissance lorsqu'on lui apprit qu'il était mort. Aussi doucement qu'il avait vécu, dirent les bonnes sœurs avec lesquelles l'aîné, de fait, ne discuta jamais. Son organisme fragile avait simplement renoncé. Cet abandon avait eu la forme d'un souffle qui cesse, sans violence. L'épidémie de grippe se profilait, les crises de toux et d'épilepsie devenaient plus nombreuses, il déglutissait plus lentement, les repas prenaient du temps. Il avait apporté ce qu'il avait pu, s'était débrouillé avec ce qu'il avait. À croire qu'il avait puisé dans ses réserves et qu'elles s'étaient taries. Un matin, l'enfant ne s'était pas réveillé.

Les bonnes sœurs s'essuyaient les yeux. Le corps attendait la famille dans une salle spéciale, au fond, à côté de la buanderie. Il y eut les sons habituels, assortis de murmures et de pas sur le carrelage. L'aîné ne comprit rien, agit en automate. Il pensa seulement que c'était la première fois qu'il pénétrait dans la maison où l'enfant, lui, avait passé du temps. Les couloirs sentaient la purée tiède. Les lits, placés à mi-hauteur des murs, étaient entourés de hauts barreaux amovibles. L'aîné nota l'absence de coussin et de peluche, ce qui lui parut être une bonne précaution. Les couvertures étaient jaune pâle. Aux murs, des posters de petits canards, de poussins et de chatons. Pas de dessin affiché puisque aucun enfant, ici, ne pouvait tenir un crayon, se dit-il. Les fenêtres donnaient sur le jardin. Avait-on ouvert les fenêtres afin que l'enfant entende les bruits du dehors ? Il pensa que oui.

Au moment d'entrer dans la salle, l'aîné ôta ses lunettes et ferma les yeux. Il tâta un rebord dur, en conclut qu'il s'agissait du cercueil. Il se pencha, son nez sentit une surface froide et douce, c'était la joue. L'aîné entrouvrit brièvement les yeux. Il vit les paupières closes translucides, veinées de minuscules rainures bleues. Les cils marquaient leur ombre sur la peau pâle. La bouche entrouverte ne laissait échapper aucun souffle paisible, c'était logique. Les genoux avaient été un peu pliés mais, en vertu de cette anatomie particulière, ils s'écartaient jusqu'à toucher les parois du cercueil. Les bras étaient ramenés sur le buste, les mains serrées en petits poings. L'aîné demanda s'il pouvait emporter le pyjama violet.

Au hameau, la mère en chemise de nuit mordit l'épaule de son mari puis tituba contre lui. Il la serra dans ses bras et ils ployèrent ensemble vers le sol. La cadette resta crispée à la fenêtre de sa chambre, fixant la montagne par-delà la cour, jusqu'aux premières lueurs de l'aube. L'aîné, lui, ne fit rien. Pour la première fois depuis des années, il ne se leva pas dans la nuit pour venir se coller contre nous, dans la cour.

Il y eut foule à l'enterrement, alors que, bien sûr, l'enfant ne connaissait personne. Généreusement, les gens vinrent pour les parents. La cour était remplie de monde. Puis on monta lentement dans la montagne, car ici les morts sont enterrés en son sein. La famille possédait son minuscule cimetière, deux grandes stèles blanches posées à terre, entourées d'une grille dont les arabesques de fer évoquaient un balcon, mais qui, pour l'aîné, rappelaient celles du lit. Les cousins déplièrent des tabourets de toile, calèrent leur violoncelle dans l'herbe, sortirent les flûtes traversières. La musique monta.

Au moment de la mise en terre, les gens reculèrent pour laisser l'aîné seul. Il ne s'en aperçut pas. On fit descendre les cordes avec soin. Lorsque le cercueil s'enfonça dans le ventre de la montagne, il fut traversé d'une crainte, si vive qu'il en ressentit la morsure : « Pourvu qu'il n'ait pas froid. »

Puis, les yeux rivés sur la terre qui avalait lentement l'enfant, conscient qu'il tenait là le dernier adieu, il lui fit une promesse que personne n'entendit : « Je laisserai ta trace. »

Le professeur, celui qui avait énoncé le verdict et suivi l'enfant durant huit ans, était présent. Il rappela que cet enfant avait donc vécu beaucoup plus qu'il n'aurait dû. Il dit aussi que cette petite vie imprévue était bien la preuve que la médecine ne pouvait pas tout expliquer. Sans doute l'amour qu'il a reçu, murmura-t-il aux parents.

Depuis, l'aîné a grandi sans se lier. Se lier, c'est trop dangereux, pense-t-il. Les gens qu'on aime peuvent disparaître si facilement. C'est un adulte qui a associé la possibilité du bonheur à celle de sa perte. Vents mauvais ou cadeaux, il ne laisse plus à la vie le bénéfice du doute. Il a perdu la paix. Il a rejoint ces êtres qui portent au cœur un instant arrêté, suspendu pour toujours. En lui quelque chose est devenu pierre, ce qui ne signifie pas insensible mais plutôt endurant, immobile, implacablement identique au gré des jours.

Il porte aussi en lui un état d'alerte. Lorsqu'il sort de réunion ou d'une séance de cinéma et qu'il rallume son portable, il a souvent une bouffée de soulagement. Il n'a pas reçu de message affolé. Pas d'arrachement ni de catastrophe.

Le sort ne lui a pas pris quelqu'un de cher et la famille va bien. Si quelqu'un a cinq minutes de retard, si le bus ralentit brusquement ou qu'un voisin n'est pas apparu depuis quelques jours, il sent monter en lui une tension. L'inquiétude a planté en lui ses racines, germé comme le figuier des montagnes, coriace et résistant. Cela passera peut-être un jour. Peut-être pas.

Il se redresse au creux de la nuit, la nuque humide, la tête pleine d'images de l'enfant. Il rêve qu'il lui arrive du mal. Il voudrait vérifier qu'il va bien. Il se souvient qu'il n'est plus là. Il reste toujours étonné par la fraîcheur de l'événement, comme si les jours n'avaient aucune prise. Pour toujours, son frère est mort la veille. On lui a répété que le temps répare. En vérité, il le mesure lors de ces nuits, le temps ne répare rien, au contraire. Il creuse et ranime la douleur, chaque fois un peu plus intense. C'est tout ce qui lui reste de l'enfant, le chagrin. Il ne peut pas s'y soustraire ; cela voudrait dire perdre l'enfant définitivement.

Il se lève et mange un peu. Il regarde par la fenêtre la nuit urbaine, bien plus silencieuse que celle de la montagne. Il a mis du temps à s'habituer à la ville. Longtemps, il a trouvé effarants les chiens tenus en laisse. Et l'été sans bruit, ni cigales ni crapauds. Involontairement, il a levé la tête dès le mois de mars pour guetter les premières hirondelles, tendu l'oreille en juillet, vers les martinets. Il a cherché les odeurs, crottin, verveine, menthe, et les bruits, cloches des moutons, rivière, bourdonnement des insectes, vent qui racle l'écorce. Puis il s'est fait au terrain plat, lui qui ne connaissait que l'escarpé, au sol sans empreintes et aux talons des femmes. Il porte en lui des connaissances inadaptées à la ville. À quoi lui sert de savoir que les châtaigniers ne poussent pas au-delà de huit cents mètres d'altitude, que le noisetier est le bois le plus souple pour fabriquer un arc ? À rien, mais il est habitué. Les savoirs inutiles, il connaît.

Devant sa fenêtre, la nuit, il pense aux branches molles des vernes dans le torrent, aux libellules turquoise. Toujours, il finit par prendre un cadre, sa photo préférée qu'il a fait agrandir, celle de la rivière. Il l'observe intensément. Il s'était presque allongé sur les pierres pour la prendre à hauteur de visage de l'enfant. Ses grands yeux noirs s'apprêtent à glisser sur le côté, mais sur l'image, on peut presque avoir l'impression qu'il regarde. Ses cheveux épais sont aplatis par la brise. Sa joue ronde appelle la caresse. Autour, les sapins veillent. L'eau coule, brillante, hérissée des deux petites chevilles de sa sœur, penchée sur un barrage de cailloux, la tête tournée vers l'appareil et le regard franchement rivé vers l'objectif. Au-dessus, forçant le passage des feuilles et des branches, se dessine le ciel en dentelle bleue. Il peut détailler cette photo jusqu'au matin.

Ensuite, il part travailler.

Il a développé un esprit mathématique très fort, si bien qu'il est devenu directeur financier dans une grande entreprise. Les chiffres ne trahissent pas, ils sont fiables, ne réservent aucune mauvaise surprise. Chaque matin il s'habille d'un costume sombre, prend un bus avec d'autres costumes sombres. Il n'aime pas les autres mais tolère les gens. Dans l'entreprise il n'a pas spécialement d'amis. De simples collègues lui suffisent, au moins pour ne pas déjeuner seul à la cafétéria, être invité parfois le dimanche. Il sait ce qu'il doit dire et faire pour passer inaperçu. Il n'éveille ni méfiance ni sympathie. C'est un trentenaire noyé parmi d'autres, cela lui va, il a l'espoir fou qu'ainsi, silhouette anonyme dans la foule, le destin l'oubliera et le laissera tranquille. Et personne ne comprend que s'il maîtrise si bien les calculs, schémas, colonnes coûts/bénéfices, opérations bancaires de haut vol, comptes à l'équilibre, c'est précisément parce qu'il fut la proie de l'arbitraire. Personne ne se doute que derrière ce cadre en costume, un enfant étrange laisse danser ses yeux noirs.

Il n'a ni fiancée ni enfant. Cela, il le laisse à sa cadette. Elle aura trois filles qui investiront la cour en criant, aux vacances, puisqu'elle habite à l'étranger désormais. Un pays, un mari, des enfants : loin d'ici, elle s'est offert une normalité. Elle a mis un point d'honneur à combler cette malédiction du décalage tandis que lui en reste prisonnier. Mais peut-être, se dit-il, que c'est la leçon qu'elle a retenue en le regardant vivre, lui, l'aîné. Après tout c'est son rôle, marcher en éclaireur. Montrer ce qu'il ne faut pas faire.

Nous, les gardiennes de cette cour, les guettons avec la même hâte que leurs parents, qui occupent désormais l'autre maison sur la rivière. Nous reconnaissons le grincement de la lourde porte, le soupir de satisfaction après la route, le mobilier de jardin que l'on sort. Nous les regarderons dîner, nous savourerons le tableau millénaire des générations qui se succèdent, et nous savons qu'en général, lorsque la cadette vient en famille, l'aîné ne va pas tarder. Ils sont restés très proches. Elle lui donne des papiers à signer, le prévient d'une échéance, d'un remboursement, d'un renouvellement. Elle le pousse à sortir, à se faire des amis, il répond d'un sourire, tout va très bien pour moi. Et nous le croyons. Partout où il va, et spécialement ici, il emmène le souvenir d'une promesse faite sur une tombe. Il laisse une trace. Il peut rester assis des heures au bord de la rivière. Nous apercevons ce grand homme sous le sapin, il regarde les libellules et les araignées d'eau. Nous savons son âme sanglée de peine, nous voyons bien que sa main touche doucement les pierres où reposait la tête de l'enfant. Mais nous sentons aussi quelque chose d'apaisé. Parfois, il se tient immobile, face à l'emplacement de coussins qui furent longtemps posés dans notre ombre, et il écoute l'après-midi qui vient. Lorsque les cousins sont là, il participe aux discussions, rit en évoquant le passé. Eux aussi ont fait des enfants. Il aime voir des petits bâtir la même mémoire que la sienne. Il leur interdit d'aller près du moulin, répare un tricycle, exige les brassards au bord de l'eau. Il ne peut aimer que dans l'inquiétude. Il est l'aîné pour toujours.

Le soir, c'est lui qui nettoie la cour le dernier, passe un jet d'eau sur les ardoises, les hortensias, et c'est imparable : il s'approche, pose lentement son front et ses mains contre nous. Se tient contre le mur tiède, les yeux fermés. Un soir, sa nièce de cinq ans le surprend, elle lui demande : « Qu'est-ce que tu fais ? », et l'aîné, de son sourire doux, sans tourner la tête, lui répond : « Je respire. »

2

La cadette

Dès sa naissance, elle lui en a voulu. Très précisément au moment où sa mère avait passé une orange devant ses yeux et conclu qu'il ne voyait pas. La fenêtre de sa chambre donnant sur la cour, elle avait vu la tache vive du fruit, sa mère s'accroupir, entendu son filet de voix tendre et chantant, puis plus rien. Elle se souvenait du crissement rageur des cigales, la dégringolade du torrent, le rire pouffé des arbres secoués de vent, et pourtant, de cette musique d'été, ne subsistait que la tête baissée de sa mère, une orange dans la main.

Elle avait compris que cet instant-là était celui de la fracture. C'était fini. Son père avait beau faire l'optimiste, promettre qu'à l'école ils seraient les seuls à savoir jouer aux cartes en braille, elle n'était pas dupe. Elle voyait bien le voile dans le regard de son père et surtout son sourire, un sourire de bouche uniquement, tandis que ses yeux restaient sans expression, plantés vers le lointain. Mais son frère aîné avait marché dans ce grand mensonge, avait négocié d'être le premier à apporter un jeu de tarot en braille à l'école, lui avait promis des parties rien qu'elle et lui. Alors la cadette avait opiné.

Et maintenant, l'enfant régnait.

Il aspirait toutes les forces. Celles de ses parents et de son frère aîné. Les premiers affrontaient, le second fusionnait. À elle, il ne restait rien, aucune énergie pour la porter.

Plus l'enfant grandissait, plus il la dégoûtait. Elle ne l'aurait avoué à personne. Allongé en permanence, nanti d'un système immunitaire faible, il était la proie de mille maux. Il fallait le moucher, lui administrer des médicaments à la pipette, des gouttes dans les yeux, tenir sa tête verticale quand il toussait. Le repas prenait une bonne heure. Sa déglutition était lente, ponctuée de petites gorgées d'eau qu'on lui donnait en penchant le verre vers sa bouche entrouverte, avec la crainte constante qu'il avale de travers. Sa peau était si fine qu'elle réagissait au frottement d'un tissu, à une eau calcaire, un rayon de soleil, un savon trop abrasif. Il lui fallait du doux, du tiède, du mou, des choses de nouveau-né ou de vieillard. Or l'enfant n'était ni l'un ni l'autre. C'était un être à mi-chemin, une erreur, coincée quelque part entre la naissance et le grand âge. Une présence encombrante, sans parole ni geste ni regard. Donc sans défense. Cet enfant était ouvert. Cette vulnérabilité générait la terreur. Et accordait la primauté aux débordements du corps, cela, la cadette ne supportait pas, ce corps toujours blessé. Elle détestait surtout ses inflammations des paupières, les chalazions, qui faisaient de petites bosses rouges comme s'il avait été piqué par une guêpe. Elle détestait encore plus le collyre visqueux et surtout la Rifamycine qui semblait lui beurrer l'œil. Lorsque son frère aîné appliquait la crème, et que, d'un index lent, il massait la paupière de l'enfant, elle changeait de pièce.

Elle n'aimait pas ses yeux noirs, si vides qu'ils en donnaient des frissons. Ni son souffle qu'elle trouvait fétide. Ni ses genoux blancs, osseux, très écartés. On lui avait dit qu'à force de rester allongé, les articulations de ses hanches étaient hors d'usage, comme dégondées. Que ses pieds grandiraient cambrés comme ceux d'une ballerine, puisqu'ils ne s'étaient jamais posés au sol. À quoi servaient donc ces pieds, se demandait-elle, s'ils ne portaient aucun corps, n'avançaient pas ?

On lui enfilait des chaussons en cuir fourrés de laine. Il en avait plusieurs paires. Chaque fois qu'elle les voyait traîner, elle les prenait d'abord pour des cadavres de musaraignes.

Elle redoutait l'instant du bain. Allongé, nu, la fragilité de ce corps n'était pas tolérable. Les côtes saillaient sous la peau blanche, la cage thoracique était frêle, la tête roulait sur le côté et il buvait la tasse. Son aîné parlait bas, en mélodie, commentait ses propres gestes. Il tenait l'enfant sous la nuque et, de l'autre main, le lavait, passait doucement sur les plis, nappait son corps d'eau tiède. Elle détaillait le profil de son aîné penché sur la baignoire. Elle était obligée de reconnaître que leur ressemblance était frappante. L'aîné et l'enfant avaient le même profil, front bombé, nez fin, menton en galoche. Et les yeux noirs un peu étirés, les cheveux épais, la bouche longue et très dessinée. Se tenaient devant elle, dans la salle de bains, l'original superbe et la réplique ratée, un dédoublement malheureux.

Elle, elle n'éprouvait aucune tendresse. Ce qu'elle voyait d'abord, c'était une marionnette toute pâle qui demandait les soins d'un éternel bébé.

Elle avait dû renoncer à inviter des amies. Comment inviter avec un être pareil à la maison ? Elle avait honte. À la télévision, elle avait vu une publicité qui disait : « Renoncez au banal. » La phrase l'avait heurtée. Elle aurait donné n'importe quoi pour un peu de banal. Pour se fondre dans la masse des gens standard, deux parents, trois enfants, une maison en montagne. Elle rêvait de matins chantonnants et de frère aîné disponible, de musique dans le salon, de copines le vendredi soir. De familles ordinaires, délestées, à peine conscientes de ce privilège.

Un jour, nous l'avons vue traverser la cour. L'enfant était posé sur ses grands coussins, rêveur. L'air était doux. C'était un mercredi de septembre. Or un mercredi, nous le savions, cela aurait dû être rempli d'amies venues faire les devoirs, qui auraient ensuite goûté sous nos yeux, qui auraient peut-être même gravé leurs initiales sur nous, comme le font les enfants d'ici. Mais ce jour, pour la cadette, signifiait la solitude. Elle passa donc, contourna les coussins, se dirigea vers la vieille porte en bois. Soudain elle fit demi-tour, revint vers l'enfant et lança son pied dans les coussins. Ils se décalèrent à peine (deux énormes coussins de jardin, presque des édredons, de poids imposant). L'enfant ne cilla pas. Mais la cadette avait bien donné un coup. Elle jeta un regard craintif vers la maison et partit en courant. Nous ne la jugeâmes pas – qui étions-nous ? En revanche, nous reconnûmes cette vieille logique absurde, propre aux humains et aux animaux, à laquelle heureusement nous échappons : la fragilité engendre la brutalité, comme si le vivant souhaitait punir ce qui ne l'est pas assez.

En la cadette s'implanta la colère. L'enfant l'isolait. Il traçait une frontière invisible entre sa famille et les autres. Sans cesse, elle se heurtait à un mystère : par quel miracle un être diminué pouvait-il faire tant de dégâts ? L'enfant détruisait sans bruit. Il affichait une souveraine indifférence. Elle découvrait que l'innocence peut être cruelle. Elle comparait l'enfant à une canicule qui, patiemment, darde les sols et les assèche, ravage dans une fureur statique. Les lois élémentaires ne s'excusaient jamais. Elles agissaient comme bon leur semblait, et à la charge des autres d'accepter le saccage. Si la cadette résumait, l'enfant avait pris la joie de ses parents, transformé son enfance et confisqué son frère aîné.

La cadette ne l'avait jamais vu aussi attentionné. Elle resta ébahie devant la métamorphose. Elle se souvenait d'un aîné casse-cou, mutique, un peu arrogant, capable de mener la bande des cousins haut dans la montagne, de chasser les pipistrelles ou de lancer une bataille d'algues au bord de la rivière. Il était celui qui suivait les empreintes des sangliers, croquait les oignons crus. Elle l'avait toujours craint, beaucoup admiré. Elle l'aurait suivi n'importe où. À cause de l'enfant, il ne la regardait plus grandir, il n'avait même pas remarqué qu'elle pouvait nager sans brassards. Où était-il passé, ce frère aîné ? Maintenant, il étudiait les conduits de cheminée car sa grande crainte était que l'enfant meure asphyxié par la fumée. Même sa démarche avait changé. Lorsqu'aux heures chaudes de l'été il sortait dans la cour pour déplacer l'enfant, pousser les coussins vers l'ombre, elle observait ses pas souples, étrangement lents et déterminés, calés sur un rythme tout entier tendu vers ce nid de coussins. Le pas d'un animal vers son petit. Ce n'était pas pardonnable.

Son aîné, qui exigeait de l'endurance, avait assez aiguisé son caractère pour qu'elle se lance dans le combat. La cadette commença par marquer son territoire. Lorsque l'aîné lisait, le doigt glissé dans la main de l'enfant, elle s'immisçait. S'approchait du feu, proposait de ramasser des mûres, fabriquer un arc, monter vers les drailles, ces chemins de montagne si étroits que deux marcheurs ne peuvent s'y croiser. L'aîné, de bonne grâce, l'interrogeait du regard. Elle se lançait, amorçait une discussion, le prenait à partie. Elle forçait la porte. Mais l'aîné avait un sourire doux, presque obligé, qui valait toutes les exclusions. Il revenait à son livre, le doigt toujours glissé dans le poing de l'enfant qui, lui, ne connaissait pas l'abandon.

Elle en déduisit que cette stratégie ne fonctionnait pas. Il fallait rayer l'espoir de pouvoir lui dire « pensons à nous et pense à moi ». Il fallait s'adapter comme on épouse les contours d'une guerre. Elle apprit les trêves et les offensives.

Les trêves : elles avaient lieu dans le car qui les amenait au collège. Chaque matin, la cadette et l'aîné l'attendaient tous les deux, sous l'abribus de ciment le long de la départementale. Il était tôt. Et lorsque le car ralentissait dans un couinement de freins, elle ressentait du soulagement. Car enfin, chaque kilomètre allait mettre de la distance avec l'enfant. Assise à côté de l'aîné, elle babillait, inventait des histoires. Il l'écoutait distraitement, les yeux errant à travers la vitre du bus. Mais au moins, elle l'avait pour elle seule. La plus belle trêve fut cette matinée qu'ils passèrent à chercher des asperges sauvages tandis qu'en bas, les adultes abattaient un cèdre. On les avait cherchés partout. Ils avaient été punis. Qu'importe. Elle avait senti qu'il voulait la protéger contre la chute de cet arbre énorme. Comme avant, comme lorsqu'il avait posé sa main sur son épaule, le soir où leur père les avait convoqués dans la cour pour leur annoncer que l'enfant était aveugle. La main de l'aîné sur son épaule, cet instinct enveloppant, lui semblait naturel à l'époque. Elle n'aurait jamais cru pouvoir le perdre.

Les offensives : c'était chaque moment passé sans elle. Et surtout celui où l'aîné prenait l'enfant pour l'allonger près du torrent. Elle le voyait partir, le pas hésitant sur la pente herbeuse, l'enfant collé à lui. L'endroit ne variait pas. Elle savait qu'il le poserait sous le sapin, là où l'eau est calme, entre deux cascades. Elle finissait toujours par se montrer afin de briser la quiétude de l'instant. Elle pataugeait, montait des pyramides de cailloux, attrapait les araignées d'eau. Criait, surjouait la joie. Elle prenait sa place. Elle se rappelait à eux. Parfois l'aîné sortait son appareil photo et les prenait, elle et lui, elle debout et lui allongé, mais jamais elle seule, les chevilles plantées dans l'eau. Elle fixait l'objectif d'un œil volontaire, pour affirmer sa présence.

Cela ne suffisait pas.

Elle songea un moment que, pour ne pas perdre complètement son frère aîné, il fallait peut-être essayer d'aimer l'enfant comme lui l'aimait. Elle disposa les grands coussins dans la cour mais la nervosité de ses gestes la trahissait, et elle tira un coussin si brusquement qu'il se déchira. Des centaines de petites billes blanches recouvrirent le sol d'ardoises. Elle les ramassa en pestant. L'aîné ne dit rien, nota juste sur sa liste qu'il faudrait racheter ce genre de coussin. La cadette poursuivit ses efforts. Elle tenta de s'intéresser aux purées de légumes, aux doses de Dépakine, aux sons, puisque l'enfant ne pouvait qu'entendre. Elle aussi, elle froissa des feuilles contre son oreille, tenta de décrire ce qu'elle voyait. Les mots ne venaient pas. Elle se trouvait grotesque. Elle soupirait d'impatience. Elle voulait secouer l'enfant, lui ordonner de se mettre debout et d'arrêter son cirque, on commençait à être fatigué.

Elle essaya de suivre les yeux noirs qui allaient d'un point à un autre. Mais la cécité, décidément, l'angoissait. Elle n'aimait pas ce regard mouvant. Parfois, dans leur trajectoire, les yeux de l'enfant croisaient les siens. Un malaise la traversait. Cela durait une seconde. Puis les yeux reprenaient leur course lente, et elle avait beau savoir qu'organiquement ce regard ne savait pas regarder, qu'il était déréglé, elle ne pouvait s'empêcher d'y lire une menace sourde, à l'instant où il avait croisé le sien, qui disait : méfie-toi de tes sentiments, je sais que je te dégoûte, alors que rien n'est ma faute et que nous sommes du même sang.

Elle mit aussi sa joue contre la sienne, à l'endroit où, c'est vrai, la peau était opaline. Mais très vite elle sentait des crampes, et puis elle n'aimait pas l'odeur de sa bouche, une odeur de purée, de légumes bouillis, sans parler de sa couche, s'il fallait le changer, elle ne s'y collerait pas.

Elle appelait l'aîné. Il venait changer la couche. En le voyant penché sur lui, reprendre ce timbre de voix si tendre qu'il en devenait gluant, saisissant délicatement les chevilles écartées pour soulever les fesses et y glisser une couche propre, il y avait toujours un moment où, de toutes ses forces, elle aurait voulu qu'il se détourne de l'enfant et lui propose de s'asseoir, rien qu'elle et lui, au bord de la rivière.

Parfois elle se disait que, tant qu'à faire, autant profiter d'un enfant sans réaction pour jouer. Elle allait chercher des élastiques, du maquillage, une collerette de dentelle, un serre-tête. Dans la cour, elle s'asseyait en tailleur à côté du transat, et elle dessinait deux ronds rouges sur ses joues, passait du noir sur ses sourcils, fardait ses paupières. Ou bien elle tressait ses cheveux épais. L'enfant ne manifestait ni étonnement ni résistance. Il grimaçait légèrement quand le pinceau frottait sa joue, soulevait brièvement les sourcils lorsqu'une matière inconnue recouvrait sa tête. L'aîné finissait par surgir, l'air courroucé, ne grondait pas la cadette mais prenait l'enfant, le front enfoui dans son cou. Dans ses bras, il semblait peser une plume. Cela, elle ne savait pas le faire.

Une fois seulement, elle l'avait porté. Elle s'était approchée du transat dans le salon. Elle avait rassemblé son courage, plaqué ses mains sous les aisselles de l'enfant, l'avait soulevé. Mais elle avait oublié sa nuque sans armature. La tête partit en arrière, balancée au bout du cou. Effrayée, elle l'avait lâché. Il était retombé. Sa tête avait rebondi contre le tissu du transat pour rouler vers le buste. Le haut de son corps avait basculé sur le côté avant de s'immobiliser. L'enfant pleura d'inconfort. Ce fut l'unique colère de son frère aîné, furieux de le trouver ainsi là, en pantin désarticulé, les mollets dans le vide, le front penché vers l'avant. Pourtant, il n'accabla pas sa sœur. Il tonna contre l'indifférence, comment était-il possible que personne ne songe à le remettre droit ? Parce qu'il était inadapté, il faudrait le laisser de traviole, avec le cou vrillé ? Ses parents le calmèrent avec douceur, ils comprenaient que l'aîné se fasse autant de souci, mais tout allait bien, l'enfant ne gémissait plus et, d'ailleurs, ils avaient acheté un petit bas de jogging, est-ce qu'on ne lui mettrait pas maintenant ? Eux non plus n'accablèrent pas la cadette.

La colère la maintenait droite, elle était une raideur précieuse. Elle était la force des gens debout. Les allongés n'y avaient pas droit. La colère lui permettait des révoltes muettes, des poings serrés dans ses poches, des coups enchaînés dans son oreiller avant de dormir, en un rituel hargneux et consolant. Lorsque le vent devenait tigre fou, que la montagne frissonnait d'une joie mauvaise à l'approche de l'orage, elle se sentait en paix. Elle levait le menton vers le ciel anthracite, humait la tension qui parcourait les herbes. Il lui semblait que la rivière grondait de joie. La cadette attendait le tonnerre et la pluie. Car enfin elle se sentait comprise.

Parce qu'elle gardait les sourcils froncés et qu'elle opposait un mutisme buté aux questions de ses parents, ils l'envoyèrent voir un psychologue. Le cabinet se trouvait à l'entrée de la ville. Il fallut se garer sur le parking de la zone industrielle. La cadette se sentit d'abord agressée par le gigantisme de l'endroit. Puis elle se détendit. Ces enseignes qui crachaient leurs lettres de néon, ces magasins aux proportions de hangars, le ballet vrombissant des voitures la calmèrent comme le faisait l'orage. Il y avait là une démesure et la démesure l'apaisait. Elle aurait donné beaucoup pour que le cabinet du psychologue affiche une outrance, quelque chose qui spontanément lui parlerait, mais bien sûr ce fut l'inverse. Elle détesta la tiédeur ouatée de la salle d'attente. Elle eut l'impression d'entrer dans une couveuse. Des tapis, des fauteuils moelleux, un diffuseur d'huiles essentielles, des tableaux champêtres, tout l'agressait.

Le psychologue était jeune, il avait la voix suave et le regard curieux. Comme elle lui répondait par un haussement d'épaules, il lui proposa une feuille et des crayons. Elle s'apprêtait à lui dire qu'elle avait douze ans, qu'elle n'était plus à l'école maternelle, mais pensa à sa mère qui attendait dans la salle d'attente. Elle prit les crayons.

Pendant six mois, il lui fit tracer des dessins. À la fin, à bout d'inspiration, elle coloriait la feuille entière, en appuyant au maximum pour briser la mine.

Le deuxième psychologue habitait un bourg par-delà la ville. Il fallait rouler une heure. Il hocha la tête pendant trois mois, concentré, alors qu'elle récitait les menus de la cantine.

Le troisième habitait un village plus proche. Il officiait dans une maison médicale qui comptait aussi un généraliste, un dentiste et un kinésithérapeute. Cette fois, la salle d'attente était sommaire, avec des chaises en plastique. Les portes s'ouvraient régulièrement, des noms étaient lancés, des gens se levaient, certains avec des attelles. La psychologue était une femme au chignon flou, hors d'âge. Elle demanda à voir la mère avec la cadette. Elle lui posa des questions. Avait-elle allaité ses enfants, rentrait-elle tard le soir, aimait-elle son mari, aimait-elle sa propre mère ? Savait-elle qu'un « lien nourricier défectueux » se transmettait de génération en génération ? En la voyant se tasser sur son siège comme une écolière qui ferait de son mieux, la cadette sentit monter la rage qui joua son rôle de force verticale. C'était parfois aux filles de protéger les mères. Celle-ci ne protesta pas lorsque sa fille lui prit la main et se leva. La psychologue marcha derrière elles jusqu'à la porte. Le bruit de ses talons ressemblait au trottinement d'une mule. « Mais enfin », dit-elle. « Allez voir un psy », cingla la cadette. Une fois dans la voiture, elles hoquetèrent de rire. Pliée sur le volant, sa mère s'essuyait les yeux. La cadette se demanda si elle pleurait. Alors elle se pencha pour l'étreindre et elles restèrent ainsi, collées l'une à l'autre au-dessus du levier de vitesse.

Un jour, sa mère eut la visite de ses amies qui habitaient en ville. Comme à son habitude, l'enfant était allongé sur ses grands coussins, dans la cour ombragée. L'ambiance était paisible mais de vieilles gardiennes comme nous savent reconnaître les tensions souterraines. Très naturellement, la mère servit à boire. Les amies jetaient des coups d'œil vers l'enfant. Nous pouvions sentir leur malaise. Elles se décidèrent à poser des questions. Était-il tétraplégique ? Avait-il mal ? Comprenait-il ce que l'on lui disait ? Aurait-on pu prédire sa « maladie » (ce fut le mot employé) ? La mère posa la carafe et répondit patiemment. Non, sa colonne vertébrale n'est pas sectionnée, il ne souffre d'aucune lésion. Simplement, son cerveau ne transmet pas. Il ne ressent aucune douleur, d'ailleurs il peut s'exprimer par des pleurs ou des rires. Et il peut entendre, aussi. Donc il est aveugle ? Oui. Il ne parlera pas, ne se mettra jamais debout ? Non. On ne pouvait rien voir à l'échographie ? Non. A-t-il contracté une maladie in utero, ou bien, toi, portais-tu une maladie ? Non, il s'agit d'une malformation génétique, un chromosome défaillant, qu'on ne peut pas prévoir ni soigner, qui frappe une naissance au hasard.

À cet instant, la cadette maudit l'attitude de sa mère parce qu'elle se savait incapable de cette noblesse. Nous pouvions entendre le fracas à l'intérieur d'elle, la culpabilité misérable. Elle se disait : En moi, nulle trace de cette générosité aimable, servie par des mots simples. La confiance est un risque et ma mère le prend. Elle parle à cœur ouvert, sans crainte. Je ne sais pas faire. Je n'ai pas ce maintien propre aux femmes des montagnes, faites de roche et de poudre, polies par des siècles de vaillante soumission. Des femmes debout sur leurs chevilles de faïence, dont l'apparente résignation n'est qu'un leurre. Des femmes qui ressemblent aux pierres d'ici. On les croit friables (l'origine du mot « schiste » ne signifie-t-elle pas « que l'on peut fendre » ?), mais en réalité, rien n'est plus solide qu'elles. Car, avec le sort, les femmes se montrent rusées. Elles ont la sagesse de ne jamais le défier. Elles s'inclinent mais, par-derrière, elles s'adaptent. Elles prévoient des sources de réconfort, organisent une résistance, ménagent leur énergie, déjouent les peines. Est-ce un hasard si mon frère aîné met l'endurance au-dessus de tout ? Faire *avec* et non faire *contre*. Je ne sais pas faire. Moi, la cadette, je m'oppose sans cesse. Je me cogne et crie à la révolte contre le destin, je n'entends pas que les forces en présence sont inégales, je serai perdante mais je m'obstine à rejeter. Je suis un refus à moi seule. Je n'appartiens pas aux reines d'ici.

Elle se leva, passa la porte médiévale et s'éloigna pour grimper dans la montagne. Ses baskets dérapèrent sur la roche mais elle continua, le tibia zébré d'une ligne rouge. Elle marcha sur la draille, s'assit sur des fougères. Au loin, elle apercevait les trois troncs gris des cerisiers morts avec le paysan. Ils dressaient leurs carcasses parmi les herbes. Autour d'elle, l'équilibre était parfait. La pluie d'été avait huilé la pierre. Un fumet montait du sol, une odeur de terre gorgée d'eau, de racines fraîches. Mais les racines s'accordaient aux arbres, aux mares, aux feuilles et aux cloches des moutons que l'on entendait dans le lointain. Il y avait là une harmonie indépendante et c'était insupportable. La cadette sentit naître en elle un profond sentiment d'injustice. Cette nature était comme l'enfant, d'une cruelle indifférence. Elle continuerait de vivre bien après elle, nantie de cette insensible beauté qui n'entendait rien, pas même la détresse des sœurs. C'était vrai, les lois élémentaires ne demandaient jamais pardon. Elle se leva, saisit une pierre et démolit patiemment un petit chêne vert. Ses branches étaient souples et, plus d'une fois, elles lui revinrent dans la figure, comme si l'arbre se défendait. Elle était en débardeur, ses bras furent griffés. Elle continua de frapper avec sa pierre jusqu'à ce qu'il ne reste qu'un tapis de branchage et de feuilles. Des gouttes de sueur lui brûlaient les yeux.

Lorsqu'elle descendit, elle tomba sur un chien égaré, couché sous l'auvent, face à la bûcherie. Sa position était bizarre. Il dormait la tête de biais, ses pattes comme coupées du tronc, jetées sur le côté. C'était un chien accablé de chaleur, sans doute heureux, mais la cadette, figée sur place, pensa que la différence de l'enfant était contagieuse. Les êtres autour d'elle se désarticulaient. Bientôt le monde entier serait faible et retourné. Un jour viendrait où elle-même se réveillerait la nuque faible, les genoux lourds. Saisie de panique, elle courut, descendit jusqu'au verger, le long de la rivière, trébucha sur les pommes tombées au sol, se releva. Elle entra dans l'eau. Ses baskets l'empêchèrent de glisser. Elle avança encore, il y avait l'ombre, la surface était noire, à peine ridée par le passage d'une araignée d'eau. Des milliers d'épingles piquèrent ses mollets, ses cuisses, ses hanches, malgré le short. L'eau lavait la plaie sur le tibia, les griffures sur les bras, le débardeur trempé de sueur, la peau moite et recouverte d'une mince pellicule de terre. Sa poitrine se soulevait et s'abaissait trop vite. Elle tremblait de froid ou de chagrin, elle ne savait pas. S'ouvrit en elle une question en forme de gouffre, quelques mots qui perforèrent son cœur, « Qui va m'aider ? » La rivière la lestait, la retenait de tomber tout entière dans ce gouffre. Elle ouvrit ses bras, ses doigts sortirent de l'eau, brouillèrent la surface lisse. Elle resta ainsi, les bras raides et frissonnants. Quiconque serait tombé sur elle à cet instant aurait pris peur. Une jeune fille dans la rivière jusqu'à la taille, tout habillée, le corps en forme de croix, haletante, les cheveux défaits. Elle essayait de calmer son souffle. Elle ferma les yeux pour se concentrer sur les sons – ignorant alors qu'elle faisait exactement comme l'enfant. La quiétude de l'après-midi la recouvrit. Bientôt lui parvinrent le pépiement des oiseaux, la rumeur des cascades. Autour, elle sentait la montagne énorme, confite dans le soleil d'été. Seuls les insectes bourdonnaient, profitant de l'immobile cuisson des végétaux. Une libellule frôla son oreille. Les choses reprenaient leur place. La montagne avait simplement attendu que la crise s'achève. Elle faisait cela depuis des millénaires, attendre que les humains s'apaisent. La cadette se sentit petit fille caractérielle. Elle ouvrit les yeux, leva la tête. Les branches des frênes formaient un toit.

La seule personne qui allégea son cœur fut sa grand-mère. Elle avait habité au hameau autrefois avant de prendre sa retraite en ville. D'ailleurs elle se disait « faite pour la ville ». Elle portait toujours du rouge à lèvres vif, des petits talons, un chignon brun et compliqué, n'ôtait pas ses bracelets, tenait à dormir en kimono léger même durant les saisons froides et à revêtir une robe de satin les soirs de Noël. Mais personne n'était dupe, elle était une Cévenole absolument. D'abord parce qu'elle répétait, sans même s'en apercevoir, « loyauté, endurance et pudeur », formule magique qui semblait régler tous les problèmes. Ensuite parce qu'elle avait été résistante durant la guerre, un épisode dont elle ne parlait jamais, sauf une fois, où elle avait montré à sa petite-fille un tunnel creusé dans le parapet du pont de pierre. Il fallait descendre dans le verger, remonter un peu la rivière jusqu'à se retrouver sous le pont. Là, on distinguait, dans l'épaisseur de la pierre, une avancée d'ombre. Ce tunnel avait abrité des familles. On s'y était hissé depuis la rive, on avait porté les plus âgés. On y avait rampé sur les avant-bras, dans un goulot noir et profond. Les enfants passaient toujours en premier.

Enfin parce que la grand-mère reconnaissait d'un coup d'œil un néflier d'un prunier, qu'elle pouvait planter une palissade de bambous (ce qu'elle avait fait au fond du verger, laissant la vallée ébahie), cuisiner des plats à partir de plantes sauvages. Devant un tronc tordu, elle disait : « C'est un arbre malheureux. » Elle savait même reconnaître les racines du vent, citer l'endroit précis où il naissait. Elle disait : « Celui-ci, il arrive de l'ouest. Il est fielleux, c'est le Rouergue, il vient de l'Aveyron, il est gluant et donne des angines de poitrine. Il tombera en crachin après l'heure du café. » Et le crachin tombait à l'heure du café. Son oreille était si affûtée qu'elle ne reconnaissait pas seulement le piaillement d'une bergeronnette, elle pouvait aussi donner son âge. C'était une sorcière déguisée en duchesse, pensait la cadette.

Lors des vacances, la grand-mère s'installait dans la première maison du hameau. Les enfants n'avaient qu'à traverser leur cour et longer la route de quelques pas pour y arriver. Elle y vivait de façon indépendante mais néanmoins proche de la famille, à la façon des hameaux d'autrefois. La terrasse était bordée de balustrades en bois. Elle donnait sur le torrent. Sur l'autre rive, la montagne se dressait en à-pic, aux reflets d'acajou, et en tendant la main depuis la balustrade, on aurait presque pu la toucher. Le bruit de l'eau montait, étranglé dans ce couloir entre la montagne et le mur soutenant la terrasse, et il explosait, galvanisé par l'écho. La cadette aimait ce lieu qui semblait racler la paroi rocheuse, plein d'un fracas d'écume. Elle préférait cette terrasse à la cour, ce lieu clos dans lequel on posait son frère sur des coussins.

C'est là, sur une chaise en rotin, que sa grand-mère se pencha pour lui glisser dans la main un yo-yo en bois, avec ces mots : « J'ai offert le même aux enfants cachés dans le pont. Car dans la vie, il y a des bas mais ça remonte toujours. » Auprès d'elle, il n'y avait ni frère volé, ni frère voleur.

Ensemble, elles s'enfermaient des après-midi entiers pour cuisiner des gaufres à l'orange (une recette portugaise que sa grand-mère adorait), des beignets d'oignons, de la confiture de sureau. Elles dépiautaient les châtaignes brûlantes, tout juste bouillies, dans une étouffante chaleur de vapeur d'eau. Puis elles les faisaient fondre dans une bassine en cuivre, libérant un parfum de sucre vanillé. Elles iraient vendre leurs confitures au marché puis s'offrir « une belle manucure », disait la grand-mère. Elle racontait son enfance dans les élevages de vers à soie, d'immenses maisons sans murs ni portes à l'intérieur, appelées des magnaneries. Il y faisait chaud. On y déposait des feuilles et des chenilles, guettant l'instant où ces dernières fileraient leur cocon. « Les cocons, disait la grand-mère, mon enfer. » Il fallait les détacher doucement, ébouillanter les chenilles avant qu'elles ne deviennent papillons. La cadette, émerveillée, essayait d'imaginer le bruit de cent mille chenilles grignotant cent mille feuilles de mûrier. « N'essaie pas, lui disait sa grand-mère. Le progrès emporte avec lui des bruits. »

Parfois, elle l'emmenait en voiture, plus haut dans la montagne, vers un arbre particulier. C'était un cèdre qui avait poussé sur la roche, en aplomb de la route. En soi, c'était impossible, aucun arbre ne pouvait planter ses racines dans la pierre. Pourtant, celui-ci s'élançait vers le ciel avec la grâce d'un cou de cygne. Sa grand-mère arrêtait la voiture, se penchait sur le volant, levait la tête vers le tronc mince, et disait :
« Celui-là, il a envie de vivre. »
Elle ajoutait :
« Comme toi. »

Puis elle poursuivait la route et montait plus haut, jusqu'à contempler un paysage grandiose. La vallée offrait son couloir étroit entre deux énormes montagnes. Le scintillement laissait deviner un cours d'eau, puis on distinguait le village, niché dans les plis comme un enfant contre l'aisselle de sa mère. Pourtant, la grand-mère ne regardait pas en bas mais montrait toujours un autre village en hauteur, le sien, celui où elle était née, quasiment inaccessible, un amas de pierres acajou au bord de la falaise.
« Il a poussé près du vide », disait-elle.
La cadette pensait :
« Comme moi. »

Elles revenaient en silence. La cadette laissait sa main pendre par la vitre baissée. La grand-mère conduisait, concentrée. Seule résonnait la mécanique ronronnante du moteur, qui variait avant un virage en épingle, puis reprenait son souffle dans la pente. Mais, au tournant avant le village, la grand-mère procédait à son questionnaire. Subitement elle demandait, sans détacher les yeux de la route : « À qui appartient la pomme de pin hérissée de petites langues de vipère ?

— Au pin Douglas, répondait laconiquement la cadette, le regard vers la fenêtre.

— Je suis une jeune bûche de frêne. Comment est mon écorce ?

— Lisse et grise.

— Mes feuilles sont en forme de palmiers, sans nervure centrale...

— Ginkgo biloba.

— On ôte mon écorce par rouleaux, afin de traiter l'eczéma. Qui suis-je ?

— Le hêtre.

— Non.

— Le chêne.

— Oui. »

La grand-mère parlait peu. Et comme souvent les taiseux, elle parlait par des actes. De la ville, elle rapporta le walkman qu'il fallait, puis les baskets dernier cri. Elle abonna la cadette aux revues de son âge. Elle l'emmena voir les nouveaux films au cinéma dans le bourg d'à côté, si bien que la cadette, dans la cour de l'école, pouvait dire : « Moi aussi, j'ai vu *À la poursuite du diamant vert.* » Elle pouvait tenir une discussion serrée sur Modern Talking, porter un sweat-shirt Chevignon, mâcher du Tubble Gum. La grand-mère la hissait à la hauteur des autres. Elle lui offrait une normalité. Beaucoup plus tard, devenue adulte, la cadette s'entendrait dire à une amie : « Si un enfant va mal, il faut toujours avoir un œil sur les autres. » Avant d'ajouter, pour elle-même : « Car les bien portants ne font pas de bruit, s'adaptent aux contours cisaillants de la vie qui s'offre, épousent la forme des peines sans rien réclamer. Ils seront les gardiens du phare détestant les vagues mais tant pis, refuser serait déplacé. Un sentiment de devoir les guide. Ils se tiendront là, vigies dans la nuit noire, se débrouilleront pour n'avoir ni froid ni peur. Or, n'avoir ni froid ni peur n'est pas normal. Il faut venir vers eux. »

Auprès de sa grand-mère, la cadette ne sentait plus la colère. Pourtant, l'aïeule s'occupait de l'enfant. Elle avait compris, de son œil d'aigle, l'attachement de l'aîné et le chagrin des parents. Elle les aidait de ses gestes. Chaque jour elle préparait une compote pour l'enfant, de reinettes ou de coings. Elle sortait de sa maison, longeait la route, traversait la cour. Elle laissait un bol sur la table de la cuisine pour le dîner « du petit ». Il lui arriva de le conduire à la pouponnière le matin, quand la mère ne pouvait pas, ou d'aller le chercher. Ses bracelets tintaient quand elle le hissait contre elle. Elle le tenait maladroitement mais fermement. L'enfant était un peu tordu mais ne disait rien. Elle lui parlait peu, par nature, mais il lui arrivait de poser, à côté du bol de compote, une paire de chaussons neufs, un paquet de coton ou des fioles de sérum physiologique. Comment avait-elle su qu'il en manquait, personne n'aurait su dire. La grand-mère savait. La cadette n'était pas jalouse. Au contraire, la vigilance de sa grand-mère envers l'enfant la délestait du poids de la culpabilité.

Les mois passant, la cadette raya l'enfant de sa vie, passa à l'ignorance complète. Elle se détourna du visage froissé de ses parents lorsqu'ils rentraient d'une journée administrative. Elle fit l'aveugle. Elle ne leur proposa aucun soutien, ne manifesta pas d'émotion quand les parents annoncèrent que l'enfant partirait dans une maison spécialisée, sur une prairie à des centaines de kilomètres, tenue par des bonnes sœurs qui s'occupaient de lui. Elle devina le cœur tisonné de son frère aîné, assis à côté d'elle. Elle préféra se pencher sur son assiette pour séparer méthodiquement les tomates de sa salade. Elle demanda si elle pouvait téléphoner à sa grand-mère le soir même, car sa copine Noémie soutenait que François Mitterrand était plus beau que Kevin Costner, il fallait absolument qu'elles en discutent.

   L'enfant parti vers sa prairie, elle respira. Avec lui disparaissaient les sentiments encombrants de dégoût, de colère et de culpabilité. Il emportait le versant noir de son âme. Elle n'aurait plus mal. Elle osa même espérer que son frère aîné revienne vers elle, même si, dans un premier temps, il s'évapora. C'est le seul mot qu'elle trouva pour décrire sa silhouette effacée, dont le seul pas dégageait une insondable tristesse. Il était pâle, le regard vague. Semblait sans force. Il ressemblait à l'enfant.

   Elle se tourna vers la vie. Elle collectionna les copines, passait de goûters d'anniversaire en pyjama-party (mais n'en organisa jamais un seul chez elle), multiplia les activités sportives, commentait les potins de *OK! Magazine*, correspondait avec sa grand-mère, préparait son arrivée. Elle aimait inspecter la maison froide avant sa venue, préparer le feu et le lit, vérifier le ballon d'eau chaude, passer un jet d'eau sur la terrasse. Lorsque la grand-mère était là, la cadette ne se serrait pas contre elle, ne l'embrassait pas, mais elle s'installait presque dans sa maison. Elle en connaissait les recoins, la moindre tasse ébréchée, le bruit du robinet qu'on tourne, l'odeur de sucre vanillé et de savon qui planait dans la cuisine. La grand-mère avait fait refaire la pièce principale et choisi une cuisine ouverte, pour elle c'était le comble de la modernité, elle avait trop vu sa propre mère y être enfermée. La cuisine blanche, de bois clair, longeait donc le mur de la grande pièce qui comptait la cheminée et le salon. La grand-mère y faisait souvent venir ses amies. La cadette but le café avec des Marthe, Rose, Jeanine, alignées sur le canapé comme les perles nacrées d'un vieux collier, qui posaient leurs tasses avec délicatesse et laissaient des blancs dans leurs phrases. Ce n'était pas la vieillesse, comme la cadette le crut d'abord. C'était simplement parce que les autres avaient compris, il était donc inutile de poursuivre la phrase. Cela donnait des dialogues lunaires et fascinants. Se dessinait une histoire morcelée, emplie d'énigmes (« le pont creux dans lequel la famille Schenkel... », « j'ai planté le jour où le béal... », « tiens ! Celui qui promettait... », « quand mes mains brûlées par les cocons... »). Passaient des épisodes de frayeurs, des banquets d'août, des fiancés volages. Parfois, elles gloussaient – la cadette n'avait pas compris pourquoi. C'était un rire de gorge, presque râpeux, qui ne concordait pas du tout avec leur apparence soignée. Puis elles reprenaient leur conversation trouée, « le bal de Mignargue, un sommet… », « on a cherché partout son doigt, fiché dans… avec l'alliance… », « un visage d'allemand, raide comme une claie… ». Elles hochaient la tête, souriaient, ponctuaient ces vides par des soupirs ou des exclamations. Ces femmes avaient vécu ensemble tant d'émotions fortes que ce socle commun valait pour langage.

Au milieu d'elles, la cadette oubliait l'enfant et l'aîné. Elle n'avait plus d'âge. Elle essayait de reconstruire leur mémoire offerte par miettes. Au soir tombant, sa mère passait une tête dans le salon, saluait Marthe, Rose ou Jeanine, « il est tard, maman, laisse-moi un peu ma fille, c'est l'heure du dîner ». La cadette se levait à contrecœur. L'idée de s'asseoir face à son frère aîné l'accablait. Elle apprenait à le fuir. Car l'approcher de près, comme avant, réveillait trop de souffrance, mettait au jour l'étendue du chagrin d'avoir été séparés. L'approcher détruisait d'un coup tout le travail de vaillance. Cela voulait dire se coucher à terre et mourir. Mourir de cette injustice, mourir de cet enfant qui avait tout changé.

Alors elle parlait de moins en moins à son frère aîné.

Mais elle s'arrangeait néanmoins pour le croiser. Au sortir de la salle de bains, les cheveux encore mouillés, à travers la vitre du car scolaire qui l'emmenait au lycée (elle adorait détailler son profil, lui regardant droit devant, assis à l'avant du bus), tandis qu'elle attendait celui pour le collège. Elle tombait parfois sur ses lunettes oubliées au bout de la table. Elle le surprit de dos, planté dans le verger, sans savoir pourquoi il se trouvait là. Elle le devinait, sans doute remuait-il un souvenir avec l'enfant, il avait dû transporter le transat et passer du temps avec lui dans ce verger. Un temps sans elle, qui ne lui appartenait pas.

Elle accepta. Accepter, c'était moins douloureux que de se sentir exclue. Elle préférait un aîné dissous dans la peine plutôt qu'heureux sans elle. Un aîné qui ne riait plus mais ne se détournait pas. Elle l'avait peut-être perdu ; mais au moins avait-elle récupéré son fantôme.

Les mois passèrent dans ce statu quo obtenu sans larmes. Les parents montaient récupérer l'enfant lors des vacances. Lorsqu'il revenait, elle ne l'approchait pas. Elle était occupée. Sans cesse dans la maison de sa grand-mère ou chez des copines, à qui elle cachait l'existence de l'enfant. À l'entendre, elle n'avait qu'un frère aîné, et si elle n'invitait personne, c'est parce que la maison était en travaux.

Au collège, la cadette ne travaillait pas beaucoup. Les professeurs se plaignaient de sa turbulence. Ils se disaient inquiets. Même pas quinze ans, disaient-ils, on ne peut pas être habité par tant de colère. Elle apostropha le professeur de français qui leur avait fait commenter cette phrase de Nietzsche, qu'elle jugea détestable : « Ce qui ne nous tue pas nous rend plus fort. » Elle expliqua au professeur médusé : « C'est faux, ce qui ne nous tue pas nous rend plus faibles. C'est vraiment la phrase de quelqu'un qui n'a rien connu de la vie, culpabilise, et qui, du coup, embellit la douleur. » C'était dit de façon virulente, comme une déclaration de guerre, avec tant d'agressivité que ses parents furent convoqués. En elle résonnait, de plus en plus fort, un appel vengeur. Quelque chose lui soufflait qu'à vivre parmi les ruines, autant les fabriquer. Lorsqu'elle rentra du salon de coiffure avec la moitié du crâne rasée, sa grand-mère fut la seule à trouver cette coupe originale. Ses parents posèrent sur elle un regard exténué. Son frère aîné ne s'aperçut de rien.

Elle se fichait de la cour, du mur, de nous. Elle traversait cet espace sans s'arrêter. Elle passait, de sa démarche sûre et énervée. Si elle avait pu nous prêter attention, ç'aurait été pour nous desceller afin de frapper quelqu'un. Nous le connaissons bien, ce vent mauvais qui électrise les corps. Nous en avons vu, des violences, dans cette cour. C'était ce qui émanait d'elle, de notre chère petite cadette : la soif d'un irréparable, d'un non-retour. Elle rêvait de destruction et de cri sans réponse. Dès le mois de juin, elle se tenait au bord des bals de village, ses yeux soulignés de maquillage noir, prête à en découdre. C'étaient de petites fêtes organisées sur les places, à côté des courts de tennis, de la maison des jeunes ou du parking des camping-cars, là où le terrain est suffisamment plat et large pour y installer une sono, une estrade et une buvette. La cadette buvait des sangrias dans des verres en plastique, beaucoup, parlait fort. Les lampions levaient des envies d'incendie. Elle s'installait avec ses amis, guettait les groupes venus d'une autre vallée qui arrivaient à mobylette. Dans ces bals, avant de demander un prénom, on posait la question : « D'où tu viens ? » On répondait : « Je viens de Valbonne », « Je suis de Montdardier », et chaque fois, la cadette admirait ces certitudes. Elle avait beau venir d'un hameau précis, posé dans une vallée précise, elle n'aurait su répondre. Elle se sentait hors sol. Alors elle ne répondait pas aux questions. Elle provoquait, se montrait méchante. Elle cherchait la bagarre. Elle la trouva, une fois, derrière la sono qui étouffa ses cris. Un garçon ivre, excédé, la renversa au sol. Elle sentit un goût de sable et de gravier, qu'elle associa à la voix de Cyndi Lauper dont la chanson *I Drove All Night* enflammait la piste au même moment. Elle perdit une dent. Tituba derrière l'estrade qui tremblait sous les baffles, s'éloigna du bal en se tenant la bouche. Son père vint la chercher en voiture. Il venait toujours la chercher. Souvent il la récupérait vomissant, les yeux coulant de larmes sombres. Cette fois il lui tendit un paquet de mouchoirs, sans un mot. Il conduisit les mâchoires serrées.

Elle entra au lycée. Elle se battit, là aussi, à la cantine puis à l'intercours. Lorsqu'un professeur la rabroua en classe, elle renversa sa table. Elle fut exclue. Ses parents ne trouvèrent aucun établissement pour l'accueillir en cours d'année. Le seul qui l'accepta était cher et loin. Ils l'inscrivirent. Il fallait partir tôt, en même temps que sa mère qui se rendait au travail. À l'arrière de la voiture, au-dessus du siège adapté pour l'enfant, on avait suspendu un mobile avec un ours souriant tenant deux bouquets de grelots. Ils tintaient à chaque tournant. La cadette détestait ce bruit.

Un matin, l'enfant, exceptionnellement, était là. Il avait de la fièvre, il ne fallait pas contaminer les autres enfants de la maison sur la prairie. Les parents l'avaient gardé jusqu'à ce que la fièvre baisse. La mère avait posé des jours de congé. Elle le prit donc dans la voiture pour emmener la cadette au lycée. Cette dernière se coula sur le siège avant en évitant de regarder l'enfant. Elle l'entendit soupirer d'aise lorsque leur mère alluma la radio et que la musique emplit l'espace.

Sur la route, il se mit à geindre. Son anorak rembourré le maintenait trop serré dans son fauteuil. Sa mère se rangea sur le bas-côté, défit sa ceinture, sortit pour ouvrir la porte arrière. Le grand ciel de l'aube, une odeur de rosée, d'asphalte humide, le pépiement des oiseaux entrèrent dans l'habitacle. Le profil encore noir des sommets se détachait sur le ciel rose. Mais la cadette préférait la nuit. Elle entendit sa mère parler doucement, défaire les sangles. Il fallait les détendre. Pour cela, la mère extirpa l'enfant du fauteuil mais ne sut où le poser. L'enfant pesait son poids, il glissait, maintenu par une main sous les fesses, tandis que, de l'autre main, la mère tripotait les sangles. La cadette ne proposa pas son aide. Elle resta obstinément assise, les yeux rivés droit devant elle, sur les cimes qui s'auréolaient de vapeurs violettes. La mère finit par faire le tour de la voiture, ouvrit la porte opposée, déposa l'enfant sur la banquette et revint ajuster le fauteuil. Elle ne demanda rien à sa fille. Quand elle s'assit face au volant, son front perlait de sueur. Elle monta le son de la radio.

La cadette repéra un cours de boxe. Pour s'y rendre, il fallait longer la départementale à vélo, c'était dangereux, c'était très bien. Sa grand-mère, toujours aux petits soins, lui acheta l'équipement. Le visage enseveli sous un casque, un short brillant sur les cuisses, elle lui faisait des démonstrations sur la terrasse, énumérait les chassés bas, coup d'arrêt, sauts de cabri, balayette (elle fracassa, sans le vouloir, un saladier de compote destiné à l'enfant). Elle forçait sa voix pour couvrir le bruit du torrent. Elle continuait jusqu'à l'épuisement. La grand-mère, assise sur sa chaise en rotin, applaudissait comme à l'opéra.

Au moins une fois par semaine, elles s'asseyaient ensemble devant le feu pour feuilleter un livre sur le Portugal. C'était le seul voyage qu'avait effectué la grand-mère de toute sa vie. Son voyage de noces. Elle le racontait sans cesse à sa petite-fille et finissait toujours par sortir un vieux livre de photographies qui s'ouvrait par une carte du pays. Elle pointait son ongle verni sur la pointe méridionale. « Carrapateira », murmurait-elle. C'était là, dans ce village blanc accroché dans le dos face à l'Atlantique, que le bus était tombé en panne. Elle évoquait le rugissement de l'océan, un vent si brutal que les arbres poussaient couchés, coulant leur tronc vers le sol en signe de soumission, et les maisons basses, les poulpes cloués au mur afin qu'ils sèchent. Elle en avait rapporté des recettes pâtissières qu'elle reproduisait depuis cinquante ans, comme ces gaufres à l'orange dont la cadette raffolait. Elle adorait ce mot, Carrapateira, qui sonnait mieux que Rifamycine. Elle rêvait d'un tatouage avec ce nom.

Un après-midi, alors que Marthe, Rose et Jeanine prenaient le thé, la cadette fut traversée d'une certitude. Ces femmes étaient habitées d'une paix. Elle eut l'impression de découvrir un secret. Elle en ressentit presque une surprise, comme lorsque, avec son frère aîné, au temps où tout allait bien, ils tombaient sur les écrevisses qu'ils cherchaient depuis longtemps – la petite masse noire, indistincte, qui avançait parmi les cailloux, au fond de l'eau, leur procurait un intense frisson d'étonnement. La grand-mère servait du thé à ses amies aux phrases morcelées, aux paupières bleues, qui ne s'étonnaient pas le moins du monde de la présence d'une adolescente au demi-crâne rasé, aux yeux charbon. La cadette sentit sa différence avec les vieilles dames. Elle, elle avait perdu ce mélange de douceur et d'acceptation. Elle habitait un monde de végétal et de végétatif, les deux se confondaient, un monde d'arbres et d'enfant couché. Son présent se réduisait à ça. Subitement, elle se sentit beaucoup plus vieille que sa grand-mère. Elle se leva brusquement, sous l'œil à peine étonné des vieilles dames. Cala les écouteurs de son walkman, volume au maximum, et partit donner des coups de pied contre la montagne, au rythme de *I Drove All Night* de Cyndi Lauper.

Le week-end, elle se levait très tôt, par habitude des départs matinaux avec sa mère. Le carrelage était froid. Elle passait devant la chambre vide de l'enfant, puis la chambre pleine de son aîné. Elle enfilait un long gilet et elle sortait. Un voile frais se posait sur son visage. La terre fumait, exhalant des vapeurs blanches et stagnantes. Il semblait à la cadette que sa mémoire avait pris la forme de cette terre, exsudant des morceaux de souvenirs comme ce brouillard, incapables de s'élever. Seul le bruit du torrent indiquait l'éveil, l'éternelle course de qui dévale. Devant elle, la montagne amorçait son envol, le socle vissé sur le bord de la route, les reins cambrés vers le haut. Debout sur le pont, les bras croisés sur son pull, la cadette humait l'air. Elle mesurait le chagrin de n'avoir plus son aîné près d'elle, qui aurait tant aimé partager ces matins. Elle se demandait comment faire le deuil d'un vivant. Elle sentait monter la colère envers l'enfant qui avait tout saccagé. S'y mêlaient une pointe de pitié mâtinée d'écœurement, l'image de sa bouche entrouverte, son souffle, ses gémissements d'inconfort ou de béatitude. Puis venait l'accablement qui écrasait tout, effaçait les questions. Debout sur le pont, la cadette s'essuyait le bord des yeux.

« Pourquoi tes amies, Marthe, Rose et Jeanine, ne me jugent pas ?
— Parce qu'elles sont tristes. Et quand on est triste, on ne juge pas.
— N'importe quoi. Je connais plein de gens tristes qui sont méchants.
— Alors ce sont des gens malheureux. Mais pas tristes.
— ...
— Reprends des gaufres à l'orange. »

Il arriva à la grand-mère ce qui arrive aux aïeux. Elle s'écroula un jour dans sa cuisine, à l'heure du petit déjeuner, vêtue de son kimono léger, dans des effluves de châtaigne et de vanille.

On la trouva tard dans la matinée. Marthe, Rose ou Jeanine, une des trois était passée. À travers les carreaux de la porte d'entrée, l'amie avait vu la main aux ongles rouges, à terre, posée sur une couche de poudre blanche, entourée des morceaux de porcelaine d'un sucrier brisé.

Les pompiers renoncèrent vite. C'était fini depuis quelques heures déjà, annoncèrent-ils aux parents.

Ce fut pour la cadette sa fin du monde. L'équivalent du départ de l'enfant pour son frère aîné.

C'est sa mère qui le lui annonça, craignant sa réaction, sur la route en revenant du collège, le soir, les mains crispées sur le volant, regardant droit devant elle : « Ta grand-mère est morte ce matin. » La cadette répondit ce que son cœur lui dictait. Elle dit « non ». Sa mère, stupéfaite, crut mal entendre. Quoi « non » ? Non.

Un effondrement peut parfois prendre la forme inverse de ce qu'il recouvre. Le désespoir mue en dureté. Ce fut le cas. L'appel cogneur, l'impulsion, le bouillonnement de colère, tous ces courants qui tambourinaient à sa porte disparurent instantanément, cédant la place à un désert froid. Son cœur se couvrit d'une pellicule de gel. Cette intransigeance lui vint d'instinct. La cadette devint bloc de pierre. Son cœur avait été arraché, elle n'en avait plus, pour elle c'était clos.

Son pas changea. Nous le remarquâmes tout de suite. Un pas qui n'était plus pressé ni frémissant mais martial. Elle marchait avec discipline, le pied stable, le genou plus raide, avec un port de tête. Elle ouvrait la porte médiévale avec une lenteur précise. Même le geste de repousser ses cheveux avait perdu son impatience, la main semblait obéir à un plan rigoureux, saisir la mèche, la caler derrière l'oreille. Il y avait de la décision dans ses gestes, quelque chose qui s'était écarté du doute et des émotions.

Sa métamorphose se trouva confirmée le soir où son père, pour la première fois, perdit pied. Il faut croire qu'un excès d'émotions favorise l'usure des patiences. Depuis la naissance de l'enfant, le père portait la maisonnée. Plus d'une fois, nous l'avions vu contempler son fils en silence, puis il allait lui chercher un bonnet. Mais la plupart du temps, il plaisantait, se montrait positif. Un soir de Noël, il avait contemplé le seul petit paquet posé devant les chaussons de l'enfant, avant de conclure : « Bon, l'avantage, c'est qu'il n'y a pas plus économique qu'un enfant handicapé. » Le fou rire avait gagné sa femme.

Seule la cadette avait noté que son père préférait la hache à la tronçonneuse lorsqu'il fallait couper du bois. Elle l'avait surpris devant la bûcherie, en nage, frémissant d'une hargne qu'elle avait reconnue. Il levait haut les bras avant d'abattre la hache, y mettait tout son poids, avec un grognement terrible qui mêlait le hoquet et le sanglot, en tout cas qu'elle n'avait jamais entendu venant de lui. Le bois explosait en morceaux, zébrant l'air comme des lames. Son père avait le corps nerveux des hommes cévenols mais, à cet instant, il lui évoqua une créature énorme et musculeuse. Il décrochait la hache plantée dans le bois, la montait à nouveau à la verticale, les poignets tremblants.

Elle l'avait aussi observé livrer combat contre les collines de ronces, au bord du torrent. Là aussi, il avait délaissé la débroussailleuse pour s'armer de cisailles qu'il ouvrait et fermait à une vitesse effrayante, comme s'il voulait punir la nature. Il avait le regard fixe, les mâchoires crispées comme lorsqu'il la ramenait des bals en voiture.

Le soir, il redevenait drôle et régalait la famille de tarte aux oignons, ragoût de sanglier, « dans ce pays, il faut des ressources », disait-il, avant d'embrayer sur les dernières nouvelles de la rénovation de la coopérative ou d'une ancienne filature transformée en musée. Et toujours, naissait au fond de la cadette une vague inquiétude, la sensation désagréable d'un danger qui lui donnait envie de jeter le plat contre le mur.

Elle ne fut pas surprise quand, ce soir-là, énervé par un randonneur qui exigeait de laisser sa caravane près du vieux moulin, il avait saisi l'homme par le cou pour le projeter sur la route, avec le même grondement de bête excédée que lorsqu'il abattait du bois. Pour la cadette, cette violence signa le début de la mobilisation. Elle fit l'état des lieux. Devant le coup de sang de leur père, son frère aîné leva à peine un sourcil. Sa mère ne broncha pas, anéantie par la mort de sa propre mère. Depuis ce jour, d'ailleurs, elle ne parlait plus, réalisa la cadette. Tandis que le randonneur s'éloignait en boitant, promettant des représailles, elle mesura l'étendue du désastre. Elle se vit en train de dire à l'enfant tout près de sa joue pâle : « Tu es le désastre », chassa cette pensée. Il était inutile d'ajouter du chaos au chaos. L'heure n'était plus au chagrin. L'heure était au sauvetage d'une famille en péril. Son père devenait violent, sa mère muette, et son aîné était déjà un fantôme. Il était l'heure de combattre. Une force émergea au fond d'elle, d'une froideur tranchante. C'était la force des états d'urgence, qu'elle connaissait pour avoir déjà subi les assauts du ciel en montagne, qui déracinaient les arbres, retournaient les voitures, emportaient des vies. Que faisait-on alors ? On haubannait les arbres, levait tous les barrages pour que l'eau déferle, on construisait même des contreforts. Sur sa famille, la cadette bâtirait des contreforts.

Pour y parvenir, il fallait établir une stratégie. Elle acheta un carnet pour lister les questions et trouver des solutions. Question 1 : L'aîné se sentait mieux au contact de l'enfant ? Elle proposa qu'on amène l'enfant plus souvent depuis la maison de la prairie. Elle nota sur le carnet les dates exactes de son retour, remplit le réfrigérateur en conséquence, chauffa la chambre, prépara des pots de yaourt à défaut de compote. Ce n'était pas par affection pour l'enfant, mais pour que l'aîné aille mieux. Elle agissait en vertu d'un plan militaire de redressement familial. L'efficacité primait. Question 2 : L'aîné s'isolait-il un peu trop ? La cadette le surveillait, notait ses temps de solitude, et lorsque leur durée dépassait un seuil critique qu'elle avait fixé, elle partait le chercher avec un prétexte en or : comprendre un problème de maths, sans jamais lui dire qu'elle l'avait résolu. Question 3 : Il ne jouait plus son rôle de grand ? On se fichait de l'ordre assigné des choses, cela faisait longtemps que tout avait volé en éclats. Elle protégerait son aîné, elle inverserait les rôles. Question 4 : Ses parents seraient rassurés de la savoir bonne élève, cela représenterait un souci de moins ? Elle se mit au travail. Sa mission : écraser ses camarades pour être la première. Elle n'en tira aucune satisfaction, sauf celle de pouvoir soulager ses parents et rayer un problème de sa liste. Elle agissait cliniquement, en soldat dans la bataille. Nous la regardions dans la cour, tirer la chaise d'un geste net, poser le carnet comme si elle giflait la table de jardin, et noter, en appuyant son stylo sur le papier, l'avancée de la guerre. Elle s'adaptait, sous nos yeux, comme l'avaient fait son frère, ses parents, et tant de gens avant eux, gagnant chaque fois notre admiration. Dira-t-on un jour l'agilité que développent ceux que la vie malmène, leur talent à trouver chaque fois un nouvel équilibre, dira-t-on les funambules que sont les éprouvés ?

Elle se débarrassa du superflu afin de mener le combat. Le maquillage fut rangé, le coiffeur oublié. S'il fallait tenir le cap pour tranquilliser sa famille, elle tiendrait le cap. C'était un ordre. Elle apprit l'indifférence en étant dévorée de larmes, à jouer l'insouciante à table, à rester sourde dans la cour du lycée. Elle se fixa une discipline de fer. Millimétra son emploi du temps. Elle fit les courses, prépara le repas, étendit le linge près du moulin. Épargner ces tâches à sa mère représentait dix minutes ou une heure de gagnées, un temps qui servirait à échanger avec elle, afin qu'elle réapprenne à parler. La cadette écrivait dans son carnet des sujets de conversation qu'elle apprenait par cœur pour les lancer avec sa mère ou à table. Pour cela, elle lisait le journal, enregistrait les nouvelles locales pour en parler le soir même. Puis elle observait et notait si sa famille avait réagi. Vignes dévorées par un parasite, accords de Schengen, tournée de Bruce Springsteen dans la région, épisode de la série *Les Cordier, juge et flic* que son père suivait, canicule à venir en juin, construction d'un office de tourisme à la sortie du bourg... Elle enregistrait les sujets qui, enfin, provoquaient un étonnement de sa mère, une remarque de son père, un agacement de son frère aîné. Elle ne se confia plus à ses amies, rentra directement le soir, déclina les invitations.

Dans un premier temps, les amis s'insurgèrent. Des motos bruyantes tournèrent autour d'elle devant les grilles du lycée. Son sac fut volé. L'affaire se régla en face à face, et les cours de boxe lui servirent. Son adversaire eut le nez brisé. Les parents multiplièrent les visites et les tractations afin de dédommager la famille de la blessée.

Après cela, la cadette eut la paix. Elle devint seule, elle qui était si sociable. Seule avec une mission, empêcher la noyade de sa famille. Si, alors, quelqu'un lui avait dit qu'au contraire, un bel amour l'attendait, qui ferait fondre ses barrages et aimer la vie, elle aurait ri. Et pourtant cela se produirait. La cadette trouverait quelqu'un qui lui apprendrait l'abandon, mais à cette heure elle ne savait encore rien des miracles.

Parfois elle sortait le yo-yo de sa grand-mère, puis le rangeait rapidement. Aucune faiblesse n'était tolérée. Elle ne retourna jamais dans sa maison, refusa le kimono léger qu'on lui proposa de garder après l'enterrement. Elle oublia le goût des gaufres à l'orange. Elle ne se rendit plus au cours de boxe, n'ouvrit même plus les magazines auxquels sa grand-mère l'avait abonnée. Elle devint un être qui n'avait jamais rien lu ni partagé, sans mémoire ni lien, qui avait échangé l'avenir contre un but. Elle regardait devant, capitaine aux poings serrés. Il fallait tenir sans attendre.

Les mois passèrent. Elle était devenue une bête de performance, agissant vite, économisant ses mots, hermétique aux états d'âme. Elle perdit ses dernières amies, n'en nourrit aucune amertume. Jolie, elle ignora les regards de convoitise, méprisa les groupes, opposa une distance glacée à quiconque l'approchait. Tout était calcul : est-ce que l'aîné avait souri plus de deux fois en une journée, depuis combien de temps son père n'abattait plus du bois comme un forcené, quels mots avait prononcés sa mère cette semaine, quels regards étaient échangés à table, le sujet des élections cantonales avait-il provoqué une réaction, quelle serait sa moyenne à la fin du trimestre. Elle tenait les comptes du renouveau. Le monde était devenu un bilan chiffré qu'elle notait sur son carnet. Page de gauche, la liste des problèmes progressivement rayés, page de droite, les sujets de conversation à prévoir pour le lendemain. Elle s'endormait avec le carnet ouvert posé sur l'oreiller.

Au même moment, l'aîné effectuait le mouvement inverse. Il s'adoucissait, s'ouvrait un peu plus. Quand l'enfant rentrait lors des vacances, il redevenait tendre envers lui, l'approchait à nouveau. Il lui coupa même les cheveux. La cadette ressentit la joie de l'objectif atteint – puisqu'il n'y avait plus d'espoir, uniquement des objectifs. L'aîné s'était détendu, avait trouvé consistance, il souriait, et peu importait que ce soit avec l'enfant. Il la complimenta sur ses cheveux repoussés, son visage sans fard. Elle pensa à la ligne qu'elle pourrait rayer dans le carnet, soupira d'aise.

Elle saisit l'occasion pour agrandir la brèche. Elle réussit à l'emmener au cinéma. Sans le lui dire, elle évita de s'asseoir aux mêmes places qu'au temps où elle y allait avec sa grand-mère (toujours au bord, car « s'il faut s'enfuir, c'est plus pratique », disait-elle). Ils parlèrent un peu des mûres qui, cette année, étaient énormes, du pompiste parti avec la coiffeuse du village, remuèrent quelques souvenirs de l'école. C'était encore timide.

Le film était mièvre et mal doublé. Cela lui était égal. Dans la pénombre nimbée de reflets mouvants et colorés, elle comprit soudain que son frère aîné ne guérirait pas de l'enfant. Guérir, cela signifiait renoncer à sa peine, or la peine, c'était ce que l'enfant avait planté en lui. C'était sa trace. Guérir, cela voulait dire perdre la trace, perdre l'enfant à tout jamais. Elle savait désormais que le lien peut avoir différentes formes. La guerre est un lien. Le chagrin aussi.

Un soir, elle demanda à l'aîné de la ramener du lycée à mobylette. C'était une nuit rouge et froissée d'automne. Quelques jours auparavant, un terrible orage, porté par un vent fou, dont la grand-mère aurait certainement su anticiper la violence, s'était abattu sur les Cévennes. L'eau était montée de plusieurs mètres, charriant les arbres, les voitures et deux personnes portées disparues. Les flots avaient rasé net le terrain de camping, construit en surplomb, emporté les traversiers, les réserves de bois, les serres, les plantations d'oignons. Au village, les commerces du quai avaient eu leurs vitrines soufflées par l'eau. La pharmacienne racontait les seringues qui flottaient, le boucher n'avait plus une seule machine en état de marche. Et encore, disaient les commerçants, lorsque l'eau avait déferlé dans leur boutique, ils avaient pu se jeter soit vers l'escalier qui montait à leur logement, soit vers la porte de derrière.

Le résultat, la cadette et l'aîné le longeaient de nuit. Les arbres étaient couchés, les branches couvertes de limon. Leurs racines à l'air avaient quelque chose d'obscène. Le lit de la rivière était élargi de plusieurs mètres, comme si deux mains surgies du ciel avaient décidé d'écarter et d'aplatir les rives. Sur les bords, plus de troncs ni de rochers, mais de larges étendues sableuses. Assise sur le porte-bagages, il lui semblait fendre une masse mouvante qui sentait la terre mouillée et résonnait de bruits étranges, cris d'animaux préhistoriques, froissement d'ombre, murmure de forêt primaire. La cadette veillait à ne pas serrer la taille de l'aîné. Il roulait prudemment. Ils ne parlaient pas. Elle se demanda si elle l'avait perdu pour toujours. Mais qui décidait ? Elle ferait avec. La perte était désormais une amie proche. Ils passèrent devant un pont démoli par l'orage. Une partie du parapet avait été emportée et dessinait un arc de vide. On aurait dit qu'un ogre avait mordu le pont, laissant le dessin incurvé d'une bouchée. C'est là, juste après ce pont coupé, qu'a éclos en elle la certitude qu'elle partirait.

Lorsque l'enfant revint, aux vacances suivantes, il avait encore grandi. Sa position allongée avait généré une hypertrophie du palais, si bien que ses dents poussaient en bataille et ses gencives étaient gonflées. Cette fois, son handicap sautait vraiment aux yeux. Mais, à sa grande surprise, la cadette ne ressentit aucun dégoût. Elle passa l'été à l'esquiver, comme toujours, mais observa son aîné renouer avec lui. Elle n'éprouvait ni crainte ni envie. Elle n'essaya plus de s'imposer comme autrefois. Le soir, les sujets de conversation prenaient, l'aîné commentait une actualité ou lançait son père sur la récolte des oignons. Elle le détaillait. La ressemblance la frappa encore. L'aîné, c'était l'enfant devenu grand.

Revenu d'un bref séjour, il avait surgi dans le salon, un matin, dans l'odeur de café, posé son sac à dos, grimpé l'escalier pour retrouver l'enfant. Il s'était enfermé dans la chambre, elle pouvait deviner le corps penché vers le lit à volutes, l'attente. Depuis, l'aîné avait l'air heureux. Une ligne à rayer dans le carnet. Il lavait l'enfant à nouveau, l'installait près de la rivière, sous le sapin. La cadette les surveillait de loin. Elle agissait comme un général contrôle un terrain : sur quelle serviette somnolait l'aîné, combien de fois levait-il la tête pour caresser la joue de l'enfant allongé, avait-il pensé à la bouteille d'eau, vérifié qu'aucun nid de frelons ne logeait dans le tronc du sapin. Tout était en ordre. Son frère avait l'air bien. Elle ouvrit son carnet. Raya une ligne. Elle avait presque rempli sa mission, que sa famille se répare. Lui vint aussi l'idée qu'elle avait atteint un tel niveau de dureté que ses émotions ne s'exprimeraient plus jamais.

Cette crainte fut démentie lors de l'enterrement.

En grimpant la montagne vers la tombe, escortée d'une petite foule silencieuse, elle se sentit progressivement tétanisée. Du froid, du froid. Ça recouvrait son corps et paralysait ses membres, bloquait sa poitrine. Elle se souvint que son aîné couvrait toujours l'enfant. Maintenant c'était son tour. Elle devenait, comme l'enfant, la proie du froid. Elle paniquait. Elle bougeait ses doigts, tapait du pied pour faire circuler le sang. C'était une morsure lente, très loin du saisissement glacé lorsqu'elle sautait dans le torrent. Cela brûlait presque.

Cachant son malaise, elle marchait les yeux rivés vers les pierres. Nous aurions voulu lui apporter un peu de réconfort, mais qui nous écoute ? Personne ne sait ce paradoxe, que les pierres rendent les hommes moins durs. Alors nous les aidons de notre mieux, nous leur servons d'abri, de banc, de projectile ou de chemin. Nous avons escorté cette jeune fille au regard bas. Elle marchait vite, saccadé, tremblant. Sous ses pas, la rocaille crissait comme du sable.

Arrivée à la clairière, dans ce décor majestueux de conte, elle vit d'abord les branches des chênes longues et courbées, au point d'effleurer l'herbe ; les jambes de ses parents, si étroitement serrées qu'on les aurait dites issues d'un même corps ; puis les grilles basses et pointues du minuscule cimetière. À croire que ces grilles crevèrent quelque chose. Les années lui tombèrent dessus. Tout déferla, la joie de sa naissance, le velouté des joues, la honte, celle de l'avoir fui et celle de l'avoir lâché le jour où elle avait tenté de le porter, le corps si fragile dans le bain, les coussins dans la cour, le souffle de son petit frère – et pour la première fois, elle le pensa en ces termes, *mon petit frère*, comme sa grand-mère aurait été contente qu'elle le désigne ainsi. L'émotion lui coupa le souffle. Elle perçut le roucoulement de la rivière, en contrebas, et pour la première fois, ce murmure ne disait pas l'indifférence mais la permission. Il disait : tu peux lâcher prise. Elle se cassa en deux. Un grand silence stupéfait tomba. Même les hommes des pompes funèbres se figèrent. Son frère aîné fut le premier à s'approcher, ébahi par ce chagrin, elle qui, pourtant, avait décidé de ne pas en éprouver. Nous le voyons venir vers elle. Il attrape ses épaules, répète son prénom. Essaie de la redresser, n'y parvient pas, la garde courbée sur sa poitrine. Elle n'est plus qu'un dos secoué. Elle articule : « Il a fallu sa mort pour qu'on se retrouve. » Alors l'aîné descend sa main et la presse contre son front, sourit malgré les larmes qui le gagnent à son tour, pose son menton sur sa tête et lui souffle doucement : « Mais non, regarde. Même mort, il nous relie. »

3

Le dernier

Les parents l'annoncèrent par téléphone. « Nous attendons un autre enfant. » Ils le firent avec crainte, choisirent leurs mots. Ce fut inutile. L'aîné habitait en ville, occupé par un cursus d'économie. La cadette faisait ses études à Lisbonne.

De fait, absents de la maison, ils ne surprirent pas leur mère éveillée en pleine nuit, sur le canapé, les pieds repliés sous son ventre rond. Ils n'eurent aucune idée de ses cauchemars d'accouchement catastrophique. Ils ne la virent pas s'enfoncer dans la montagne, dans le silence laineux du soir, les yeux dans le vague et les pieds écartés pour ne pas tomber. Ils ne surent pas qu'elle serra très fort la main de leur père lorsqu'il fallut s'asseoir devant le professeur qui les avait suivis pour leur enfant mort. C'était le même hôpital, le sol de caoutchouc gris, et la même question que des années auparavant : leur petit serait-il normal ? Derrière eux palpitait la grande attente des parents blessés, unis en une angoisse, celle d'abîmer la vie alors qu'ils souhaitent la donner.

Le professeur leur annonça, échographies sous les yeux, que tout allait bien. « Tout va bien » : plus personne n'avait prononcé cette phrase depuis des années, si bien que les parents pensèrent avoir mal entendu, n'osèrent avoir compris correctement, demandèrent qu'il répète. Le professeur sourit. C'était décidément un mauvais hasard, ce qui leur était arrivé, et c'était une chance que la mère ait pu être à nouveau enceinte alors qu'elle franchissait la quarantaine. Malchance, bonheur, un équilibre, finalement, dit le professeur en les raccompagnant à la porte. Il avait l'air ému. Il précisa bien à la mère les examens auxquels elle devrait se plier, ce serait une grossesse très surveillée, mais désormais les progrès de l'imagerie médicale révéleraient une malformation, en dix ans ce domaine avait considérablement évolué. Puis il se racla la gorge et dit aux parents qu'au moment du scanner de leur troisième enfant, il leur avait caché une vérité, « un enfant différent est une épreuve très difficile. La majorité des couples se séparent. »

Et maintenant, il était là. C'était un garçon. C'était le dernier.
Il arrivait après les drames. Par conséquent, il n'avait pas le droit d'en créer.
Il fut exemplaire. Il pleura peu, s'adapta à l'inconfort, à la séparation, aux orages, ne rechigna jamais à l'effort. Il consola ses parents. Il fut le fils parfait, afin de compenser celui d'avant.
Toute son enfance porta le sceau d'une tension douloureuse autour de sa croissance. Parfois sa mère lui demandait s'il voyait bien l'orange, dans la coupe à fruits, au bout de la cuisine. Il répondait : « Oui, bien sûr que je vois l'orange. » Alors sa mère avait un sourire qui semblait revenir de si loin, étiré par tant de chagrins passés, qu'il lui détaillait l'orange pour qu'elle continue de sourire. Elle a l'air molle, disait-il, sa couleur est foncée, elle n'est pas complètement ronde, en équilibre au-dessus des pommes, elle se dit qu'elle va tomber mais elle tient bon. Sa mère finissait par rire.
Il grandit dans les soupirs de soulagement. Les murs étaient couverts de photos qui montraient ses premiers pas, ses premiers mots, ses premiers gestes, et ces traces servaient d'apaisement, d'appel à la tranquillité. Il allait bien, la

preuve il marchait, parlait, voyait. Cela avait été pris en photo. La preuve.

Le dernier n'avançait pas seul. Il le savait. Il était né avec l'ombre d'un défunt. Cette ombre ourlait sa vie. Il devrait faire avec. Il ne s'insurgea pas contre cette dualité forcée, au contraire. Il l'intégra à sa vie. Ainsi donc, un enfant handicapé était né avant lui, avait vécu jusqu'à l'âge de dix ans. Les absents étaient aussi des membres de la famille.

Souvent, mû par un instinct hors d'âge, il se redressait la nuit. (Dans cette famille, plus personne ne dormait correctement. Le sommeil était le moulage des peines, il portait leur empreinte.) Le dernier se levait, constatait qu'il avait senti juste. Il tombait sur son père qui lisait devant le poêle éteint. Ou sur sa mère assise sur le canapé, les yeux vides, ne regardant rien, errant sur les objets. Alors il s'asseyait à côté d'eux pour discuter doucement de tout, de rien. Proposait une tisane de mûrier, racontait l'école, l'accident du camion de la coopérative. Il les protégeait comme on s'assied près d'un enfant malade. Il sentait bien que ce n'aurait pas dû être son rôle. Mais il sentait aussi que le sort aime défaire les rôles, et qu'il fallait s'adapter. Cela n'appelait ni réflexion, ni révolte. Les choses étaient ainsi données. En lui, il y avait une bonté profonde. Dans le sourire qu'un rayon de soleil faisait naître, et qui nous semblait presque adressé, beaucoup y auraient vu une naïveté – qui sourit aux pierres ? Mais nous avions reconnu là une noblesse, celle de la gentillesse, qui suppose le courage de s'ouvrir, avec la certitude, ô combien précieuse, qu'un jugement déplaisant n'entamera pas cet élan. La force de sa gentillesse le rendait autonome, imperméable à la bêtise, sûr de son instinct. Ainsi armé, le dernier avait spontanément accepté l'étrange famille dans laquelle il était né, une famille blessée mais courageuse qu'il aimait plus que tout. C'est pourquoi il prenait soin, d'abord, de ses parents.

Leur lien était tranquille et puissant. À eux trois, ils formaient un cocon, tissaient des jours en forme de cicatrice. Sur ses épaules, pesait la renaissance. C'était à la fois lourd et gratifiant. Mais c'était sa place donnée.
Parfois son père ébouriffait ses cheveux avec une tendresse alarmée, une brusquerie qui révélait une crainte, celle de le voir partir, comme s'il fallait le retenir, lui, le dernier, parce que avant lui il y avait eu la souffrance et après lui il n'y aurait rien. Il se tenait dans un entre-deux. Il était à la fois un nouveau départ et une continuité, une fracture et une promesse.

Ses cheveux étaient moins épais que ceux de l'enfant. Ses yeux étaient moins noirs, ses cils moins longs. Il se sentait « moins », quoi qu'il fasse, alors que c'était l'enfant pourtant qui avait été diminué. Le dernier pensait cela sans amertume parce qu'il ressentait une réelle bienveillance, une curiosité, envers l'enfant disparu. Il aurait donné beaucoup pour l'avoir connu. Et puis, il y avait autre chose. Les instants que le dernier partageait avec ses parents lui appartenaient. Ils étaient nés avec lui. Ils étaient vierges de toute mémoire, ne portaient pas la trace d'un petit fantôme. Le dernier ne se sentait pas dépossédé.

Son père l'emmenait sous l'auvent. Ils coupaient du bois. Le bruit de la tronçonneuse semblait cisailler l'air. Il adorait regarder la lame frôler le bois puis s'enfoncer comme dans du beurre. La chute des morceaux faisait un bruit mat. Il se baissait, tirait vers lui la bûche tandis que le père se saisissait du tronc suivant pour le placer sur les tréteaux de fer, aux branches hérissées de triangles, qui évoquaient des mâchoires. Puis il poussait la brouette vers la bûcherie, passait la porte vermoulue et déchargeait le bois afin qu'il sèche, rêvant sur les étiquettes qui indiquaient l'année de coupe, 1990, 1991, 1992, tant d'années sans lui.

Souvent son père et lui enfilaient un bonnet, puis leur paire de gants, et partaient réparer. C'était leur grande passion : consolider, rehausser. Remettre droit. Ils construisaient un mur de pierres sèches, un escalier pour descendre à la rivière, posaient un vantail, montaient une balustrade, une gouttière, une petite terrasse. Ils arpentaient ensemble les grandes surfaces d'outillage. Chaque fois qu'ils passaient devant une publicité qui montrait une prairie avec une maison au toit de tuiles et un portail (la publicité vantait une toiture impeccable), le dernier sentait son père se raidir imperceptiblement. Alors il se disait qu'une maison, sur une prairie, avait dû certainement jouer un rôle dans leur histoire avec l'enfant. Il percevait ce raidissement infime des corps autour de lui lorsque sa mère préparait une compote, ou lorsqu'un jour, sur le parking d'un magasin de bricolage, une femme avait déplié une poussette. Le mécanisme s'était déployé si vite que les roues de caoutchouc avaient claqué sur le sol. Son père avait sursauté comme si ce bruit venait d'un autre monde. L'espace d'une seconde, ses yeux avaient balayé le parking à la recherche du bruit, d'une poussette dépliée et sans doute de l'enfant qu'on allait y poser. Puis il s'était repris, avait baissé la tête et passé le tourniquet du magasin. Le dernier n'avait pas perdu une miette de la scène, dût-elle s'être concentrée sur quelques secondes à peine. Il devinait.

Sur le chemin du retour, le coffre de la voiture rempli d'outils neufs, lui et son père savouraient un silence satisfait, chargé de promesses, de constructions à venir. Lorsque la route descendait vers le village, son père pouvait parfois, subitement, le questionner.

« Pour un taraudage manuel, j'ai besoin de quel outil ?
– Une morille.
– Combien de passes successives ?
– Trois.
– Avec quels tarauds ?
– Ébaucheur, intermédiaire, finisseur.
– Comment je reconnais le finisseur ?
– Pas de trait sur la queue carrée. »

Et c'était tout. Le père poursuivait sa conduite. Le dernier regardait par la vitre.

Ils plantèrent des bambous sur le traversier le plus ensoleillé, en espérant perpétuer le savoir-faire de la grand-mère que le dernier n'avait pas connue. Leurs gestes étaient souples et précis, accordés l'un à l'autre. Ils se passaient les pierres ou les outils en un ballet muet. La sueur coulait dans les yeux du père, qui s'essuyait le front sans enlever ses gants râpés. Les rayons du soleil pénétraient la terre, voilà pourquoi elle irradiait, pensait le dernier. Autour d'eux veillait la montagne. Elle se manifestait par mille bruits, elle couinait, grinçait, éclatait de rage ou de rire, murmurait, tonnait, ronronnait, susurrait et sans doute l'enfant absent, qui avait l'ouïe, avait pu percevoir cela. Sans doute avait-il admis que la montagne est sorcière ou princesse médiévale, ogre doux, dieu antique ou bête méchante.

Le dernier sentait la montagne auprès de lui, alliée. Il savait que les travaux des hommes étaient réduits à néant, que les traversiers s'effondraient, que les arbres poussaient sur la roche et détruisaient les plantations. Il en savait l'intransigeance. Mais il savait aussi qu'en avril, les ficaires parsèment l'herbe de leurs gouttelettes jaunes, qu'en juillet les geais viennent picorer les figues, et qu'en octobre on se plie vers les premières châtaignes au sol. Il soulevait toujours les pierres, conscient qu'en dessous la vie grouillait. Il avait compris cela de nous, que notre ventre sert d'abri. Il allait même jusqu'à creuser un trou dans la terre, quinze centimètres minimum, qu'il recouvrait d'une pierre plate afin que les lézards puissent pondre en toute tranquillité. Il avait une préférence pour les gloméris car ils se mettent en boule lorsqu'ils ont peur. Il adorait ce réflexe, il le trouvait simplement génial : s'enrouler sur soi en cas de frayeur. Au fond, pensait-il, les humains imitent les gloméris. Lorsqu'il en trouvait un, petite boule ardoise au creux de sa main, il n'osait plus respirer. Il le reposait doucement dans la terre humide et partait sur la pointe des pieds.

Le dernier respectait infiniment la nature. Les pierres portaient l'empreinte des bêtes, le ciel était un vaste abri pour les oiseaux, et la rivière, surtout, était habitée de crapauds, de couleuvres, d'araignées d'eau et d'écrevisses. Il ne s'était jamais senti seul. Il comprenait que l'enfant ait vécu plus longtemps qu'il n'aurait dû, ici, pour profiter de cette compagnie. Cela lui semblait logique. S'il avait pu connaître l'enfant, il aurait eu cela en commun avec lui, l'acceptation entière de la montagne.

Le soir, ils dînaient tous les trois, lui et ses parents. Il aimait les mots qu'on dit pour rien, pour être ensemble ou entendre le son d'une voix. Planait cette tendresse qui suture les vides, les comble de silences doux. On se servait de l'eau, passait la viande et le pain de seigle, proposait du pélardon. On ponctuait les phrases de « ah bon ? », « c'est très joli, l'Espérou », « ah oui l'ortie, c'est terrible », « ils sont gentils, les Mauzargue ». On discutait du malaxeur double acheté la veille, quatre cent cinquante tours par minute, était-ce suffisant ? Parce qu'il avait ouvert les tiroirs du bureau de sa sœur, à la recherche de trombones, il était tombé sur un carnet rempli de « sujets de conversation ». C'était écrit tel quel, en haut de la page. Il en avait été très étonné. Lors de ces dîners, personne n'avait besoin de « sujets de conversation ». Il en avait tiré une secrète satisfaction, moins par orgueil que parce qu'il était rassuré. La fluidité des liens était évidente. C'était une tranquillité heureuse de convalescent.

L'aîné et la cadette occupaient beaucoup leurs conversations. Ils étaient là sans être là. Leur vie se dessinait à travers les dernières nouvelles obtenues, l'arrivée des premiers téléphones portables permettait désormais de se parler plus facilement. L'aîné avait décroché un beau poste dans une firme. Il portait un costume, se déplaçait en bus, habitait un appartement. Mais il n'avait personne dans sa vie. Pas d'amour, peu d'amis. Les parents l'évoquaient comme on touche un vase de cristal, avec délicatesse.

La cadette, elle, était toujours au Portugal mais elle avait arrêté ses études de littérature portugaise. Elle en avait marre – de toute façon, elle n'avait jamais aimé l'école, précisait leur père. Elle réfléchissait à monter un cours privé de français. Elle sortait beaucoup. Son appartement donnait sur une rue en pente, étroite, dans laquelle il y avait un disquaire, et ce disquaire désormais partageait sa vie. Elle téléphonait moins. Elle avait l'air très amoureuse. « Elle renaît », avait souri sa mère, et le dernier, à cet instant, se disait que pour renaître il faut avoir cru mourir, et il entrevoyait l'immensité des choses que sa famille avait traversées avant lui.

Sous l'impeccable vernis, il brûlait de questions. Quand avez-vous su, que faisait mon frère toute la journée, avait-il une odeur, étiez-vous tristes, comment se nourrissait-il, pouvait-il voir, pouvait-il marcher, pouvait-il penser, avait-il mal, aviez-vous mal.

Au creux de lui, il appelait l'enfant « mon presque moi ». Il avait l'impression d'un double, de quelqu'un qui lui ressemblait. Quelqu'un qui n'avait que sa sensibilité comme langage, n'aurait jamais fait de mal à quiconque, quelqu'un de rentré en lui-même. Comme un gloméris.

Il lui manquait – ce qui était un comble, pensait-il, alors que je ne l'ai pas connu. Il aurait tant aimé l'avoir vu, humé, touché, rien qu'une fois. Alors il aurait été à égalité avec les autres membres de sa famille et il aurait assouvi cet intérêt, profond, sincère, qu'il ressentait pour l'enfant. Qu'il fût amoindri ne le rebutait pas. Le dernier aimait tout ce qui était faible. Car, alors, il ne se sentait pas jugé. Et pourquoi redoutait-il d'être jugé, cela, il n'en avait aucune idée, sauf à penser que la honte ressentie par son frère et sa sœur, et peut-être ses parents, au moment où le regard des autres tombaient sur la poussette, au moment où la normalité des autres s'affichait conquérante, cette honte était si profonde, et culpabilisante (« une honte honteuse », se disait-il), qu'elle s'était transmise par le sang. Il aurait aimé enlacer cet enfant pour le protéger. Comment était-il possible de regretter autant quelqu'un mort avant soi, se demandait-il, et cette question était un vertige.

Une photo était accrochée au mur de la chambre de ses parents, près du lit, au-dessus de la lampe de sa mère. Elle montrait un enfant allongé sur de larges coussins, dans l'ombre de la cour. L'image avait été prise d'en bas, au niveau du sol, probablement par son frère aîné. Il y avait l'épaisseur du grand coussin sur lequel reposaient des genoux osseux, que l'on devinait écartés. Les bras étaient écartés aussi, mais les poings serrés comme ceux d'un bébé. Les poignets, si étroits, « du petit bois sec recouvert de neige », pensa le dernier. Le profil était fin, très pâle, la joue ronde surmontée de longs cils noirs. Des cheveux bruns et épais. Dans le coin en bas de l'image, une main passait, floue, et il avait reconnu celle de sa sœur.

C'était un dimanche après-midi qui avait été pris en photo, avec les montagnes qui redressaient leurs épaules par-delà le mur, et leur cou épais tendu vers le ciel bleu. C'était une quiétude et, en même temps, quelque chose de tordu – les jambes, peut-être, ou le cou trop en arrière, ou le destin.

Lorsqu'il venait embrasser sa mère le soir, il jetait un coup d'œil rapide, presque craintif, à cette photo. Il aurait voulu s'attarder. Il n'osait pas. Sa mère lui proposa plusieurs fois de poser des questions. Mais il en avait tant en lui qu'il renonça. En vérité, il craignait de fragiliser sa mère. Il ne voulait pas que les souvenirs génèrent à nouveau ce sourire triste, le même qui succédait à la question : « Tu vois l'orange ? » Il ne voulait pas se risquer à lui demander : et s'il n'était pas mort, serais-je né quand même ? Il la serrait contre lui. Il formulait des promesses muettes, des serments d'amour et d'entraide, les yeux fermés, au creux de son cou.

À l'école, il excellait. Pourtant le travail scolaire ne l'intéressait pas énormément, il le jugeait cadré, conventionnel, un peu stupide. Sauf l'histoire. L'histoire était la seule matière qu'il estimait réellement. Il retenait toutes les dates facilement, s'immergeait dans une période dont il lui semblait saisir les nuances, les recoins, les mentalités. Il avait une préférence pour le Moyen Âge, et lorsqu'il apprit que les hommes d'alors donnaient un prénom aux cloches et aux épées, il se sentit compris, car lui aussi nommait les pierres. Ainsi va l'imaginaire des enfants, capable de nous donner une identité que nous n'avons jamais demandée, et dont nous savourons pourtant les sonorités, « Costane », « Haute-Claire », « Joyeuse », transformant notre mur en trombinoscope.

Durant toute sa primaire, il étudia de l'ère viking aux lendemains de la Deuxième Guerre mondiale avec le même plaisir. La première date qui ouvrait la période lui procurait un intense sentiment de bonheur, l'impression d'entrer dans un pays inconnu. Il allait devoir apprendre une langue, une façon de manger, de penser, un rapport à l'espace, aux sentiments, différents. L'Histoire, c'était un voyage en continent inconnu et qui, pourtant, résonnait si bien avec son présent à lui. Il se sentait maillon d'une chaîne, prenait place dans une immense farandole qui, avant lui, avait dessiné le monde. Il adorait cette idée, d'être situé entre des milliers de vies vécues et d'autres à venir. Car alors il n'était plus le dernier. Parfois il nous touchait du bout des doigts, avec cérémonie, comme s'il touchait les vestiges de ses ancêtres – et c'était vrai, les pierres sont des reliques. De cela, il ne parlait à personne.

Il sentait qu'une frontière le séparait des enfants de son âge. Il perçait l'épaisseur humaine très facilement. Il attrapait un regard, une mélancolie, une attente, un sentiment d'infériorité, un amour secret, une peur. Il flairait autrui à la façon d'un animal. Mais il veillait à rester humain pour éviter le rejet car, il le devinait, les grands sensibles sont des proies.

Il repéra vite un garçon de son âge, isolé. Sans doute venait-il d'une autre vallée. Ou bien il venait de s'installer ici. En tout cas personne ne le connaissait. Il observa les autres l'observer, mesura le danger de se tenir aux marges. Déjà le garçon courait derrière son écharpe qu'on avait roulée en boule et qu'on se passait comme un ballon. Il sautait, les bras tendus, mais l'écharpe était lancée trop haut. Elle atterrit entre les mains du dernier. Il aurait voulu venir en aide au garçon qui, déjà, fonçait sur lui, mais il fit l'inverse, il obéit à la norme. Il lança l'écharpe de toutes ses forces vers un autre groupe, obligeant le garçon à faire un demi-tour qui se solda par un dérapage. Il ne se releva pas immédiatement, pleurant de défaite, tandis qu'une joie méchante parcourait toute la cour.

Cette scène hanta le dernier. Il en rêva, se réveilla en sursaut, descendit l'escalier pour s'installer près de son père qui feuilletait un magazine d'outillage en pleine nuit (c'était normal). Il détesta cet épisode de la cour et se détesta. S'il avait été Richard Cœur de Lion, pensait-il, il n'aurait jamais agi ainsi. Il entendait distinctement les pleurs du garçon, comme si ce dernier s'était tenu derrière lui, dans le salon. Il lui sembla alors naturel, le lendemain, de revenir à sa vraie nature. Il guetta le moment où, avant d'entrer en classe, il déroulerait son écharpe pour la tendre au garçon, devant les autres élèves. Il entendit fuser le mot « traître » tandis que le garçon, volontairement, ne saisit pas l'écharpe, qui tomba comme un lourd ruban sur le sol du couloir. « Je n'ai pas gagné l'amitié du garçon et j'ai perdu celle des autres », songea le dernier, et au fond, il n'était pas étonné. Il se sentait différent des autres et différent du garçon différent. Il était temps de le reconnaître. Il lui fallait être prudent.

En lui tournoyaient des questions que personne n'avait l'air de se poser. La cour de l'école était séparée de la rue par un mur de pierres. Il pouvait rester immobile devant, à se demander comment colmater les brèches. Tournaient dans sa tête les mots employés par son père quand ils construisaient un mur, des mots qu'il aimait, boutisse, semelle, fourrure, parpaigne. Il avait envie d'approcher très près pour se coller aux pierres, d'y poser son front, « s'allonger verticalement », pensait-il, mais il se retenait. Il fallait ravaler sa gentillesse et se placer au sein du groupe, rattraper l'épisode de l'écharpe. La classe jouait au ballon, il jouerait donc au ballon. Parce qu'il se méfiait des autres, il fut assez malin pour se fondre parmi eux et éviter ainsi l'opprobre. Il opina quand il le fallait, amusa la cour de récré, ne dit pas qu'il récitait mentalement les trajets des croisades dans la file d'attente de la cantine, mania ce qu'il fallait d'insolence pour contrebalancer ses bonnes notes. Sa seule limite était l'injustice. Son tempérament généreux ne le supportait pas. Lorsqu'un jour, la classe s'acharna à nouveau sur le garçon, il se raidit, prévint qu'il n'irait pas plus loin, qu'on ne malmenait pas un esseulé. Sa voix blanche, glaciale, calma les ardeurs. Il gagna même une aura de chef dont il ne sut que faire. Il n'avoua à personne qu'il avait entrevu, l'espace d'une seconde, le mal qu'aurait fait la meute à son frère différent.

Il invita des camarades au hameau. Les autres et le garçon. Pour ses parents, c'était une première depuis longtemps puisque ses aînés ne l'avaient plus fait. Sa mère avait acheté des litres de boisson, le père avait fabriqué des échasses. Lorsque le garçon s'écroula de tout son long, les jambes absurdement raidies par les échasses, le dernier ignora les rires des autres et ressentit une irrésistible tendresse. Sa mère aussi, puisqu'elle aida le garçon à se relever, lui épousseta le tee-shirt. Elle souriait. Rien n'aurait pu se produire de mauvais tant elle semblait heureuse. Elle s'enivrait du bruit, remplissait les estomacs, lançait des jeux. Depuis combien de temps ses parents n'avaient-ils pas reçu des enfants chez eux ? se demanda le dernier. Avec lui, tous les événements anodins d'une petite vie prenaient la dimension d'un moment historique – goûter d'anniversaire, fête de l'école, bulletin scolaire, inscription au tir à l'arc (pour faire du tir à l'arc, il faut se tenir debout, voir, saisir, comprendre, ce que ne faisait pas l'enfant disparu). La banalité, ourlée des épreuves traversées, avait des allures de fête. Cela le flattait, le posait sur un trône ; et en même temps, cela l'accablait. Il se sentait usurpateur. Il s'excusait silencieusement auprès de son frère. Pardon d'avoir pris ta place. Pardon d'être né normal. Pardon de vivre alors que tu es mort.

Certains matins, il restait allongé dans son lit. Il détendait sa nuque et, lentement, repliait puis aplatissait ses genoux au maximum contre le matelas. Il se coulait en l'enfant, tentait de s'approcher de ce qu'il avait pu ressentir. Il restait ainsi, les yeux errant dans le vide, l'oreille tendue vers les bruits minuscules, le taffetas sonore de la rivière, le grattement d'un loir dans les combles, jusqu'à ce que sa mère l'appelle.

Son frère et sa sœur venaient aux vacances. Le dernier leur montrait les travaux effectués avec leur père. Il les convoquait dans la bûcherie pour leur faire une démonstration du touret à meule sèche, savourait leur léger recul lorsqu'il augmentait la vitesse de rotation, et hop, disait-il, voilà des lames bien aiguisées.

« Range ça », conseillait doucement son aîné.

Il adorait les voir même si, après plusieurs semaines, il était soulagé qu'ils partent. Enfin, il pouvait retrouver son cocon. Le temps des vacances, il acceptait pourtant de le perdre. Il n'était plus le centre. Il devenait une préoccupation périphérique, c'était entendu, il se tairait durant les conversations d'adultes. Cela ne le gênait pas. Il savait que c'était temporaire. Son frère et sa sœur connaissaient les équilibres brisés, pas lui. C'était suffisant pour qu'il leur cède sa place de temps en temps. Et puis, il aimait se glisser sur les genoux de sa sœur qu'il trouvait jolie, vivante, gourmande. Du Portugal, elle avait rapporté des recettes qu'il adorait, elle était la reine des gaufres à l'orange. Elle amenait avec elle un monde de gens souriants, une nouvelle langue, un autre emploi du temps, un climat différent, une ville jaune et bleu, avec un ascenseur géant et des monastères. Elle l'appelait « mon petit sorcier ».

Sa sœur était très tendre avec lui. Contrairement à son aîné qui ne touchait personne, elle passait son temps à l'embrasser. Souvent elle le prenait par la nuque pour l'approcher d'elle. Puis elle le serrait trop fort, comme s'il allait disparaître.

Quand ils marchaient dans la montagne, elle commençait ses phrases par « quand j'étais petite ». Alors son cœur se serrait. Il aurait tant voulu la voir enfant. Il aurait tant voulu avoir la place de celui qui n'était plus, être le seul petit frère qu'elle aurait dû avoir. Son histoire familiale était pleine de trous. Et justement, il aimait l'Histoire parce que la sienne lui échappait. À nouveau, il entrevoyait des chemins escarpés grimpés sans lui, des instants très particuliers dont il ne connaîtrait jamais la saveur. Et des peines, aussi, des peines infinies dont il n'avait pas idée, et qui, pourtant, hantaient ses proches.

Avant lui, n'existaient que des aînés. Vivants ou morts, ils étaient des aînés. Lui, il arrivait en bout de chaîne.

À sa sœur, il pouvait poser des questions sur leur frère. Quand avez-vous su, que faisait-il toute la journée, avait-il une odeur, étiez-vous tristes, comment se nourrissait-il, pouvait-il voir, pouvait-il marcher, pouvait-il penser, avait-il mal, aviez-vous mal.

Ils marchaient sur la draille l'un derrière l'autre, de sorte qu'ils ne pouvaient pas se voir. Elle avançait d'un pas presque furieux, comme si elle tapait la montagne. Il sentait une colère et, en même temps, une puissance. Sa sœur avait si vite appris le portugais, elle était entourée, elle lisait, rencontrait, écoutait, elle connaissait tous les bars de Lisbonne. Elle embrassait la vie et son mouvement. Elle disait qu'elle aimait prendre un café en terrasse, se faire oublier, observer les gens, leurs expressions, leurs allées et venues. La foule était aussi insensible, souveraine et autosuffisante que la nature. On pouvait souffrir atrocement, la foule et la montagne n'en avaient cure. Longtemps, elle avait été en colère contre cette indifférence. Maintenant, cela la reposait. Elle y voyait un accueil sans jugement. Les lois élémentaires ne s'excusent pas, lui dit-elle, mais elles ne condamnent pas non plus.

Parfois elle glissait des mots en portugais. Il en aimait la tessiture ronde et étouffée. Il y avait des langues chantantes, râpeuses, mais contrairement à elles, le portugais semblait tourné vers l'intérieur. La bouche ravalait les sonorités vers la gorge comme si le message, avant de franchir les lèvres, revenait au cœur de celui qui le prononce. De sorte qu'aucun mot ne sortait intègre et, à la façon de ces gens timides sincèrement épris de solitude, les mots, indifférents à leur propre clarté, semblaient pressés de revenir dans le chaud du corps. C'était une langue de repli. Sa sœur n'aurait pas pu en parler une autre, se disait-il.

Elle répondait à ses questions. Il apprit la tête de l'enfant posée sur les pierres plates de la rivière, et l'aîné qui lisait à côté ; la maison de la prairie peuplée de bonnes sœurs ; les pieds recourbés, le palais creux, le velouté des joues ; les chalazions, les crises convulsives, la Dépakine, le Rivotril, la Rifamycine, les couches, les purées, le pyjama en coton violet ; les sourires, le filet de voix pur et heureux ; le regard crucifiant des autres ; et tous les instants qu'il ne connaîtrait pas. Devant lui se dessinait son histoire, il comprenait d'où il venait. Sa sœur lui parlait aussi de la grand-mère en kimono léger, de Carrapateira, du yo-yo, des arbres soumis, du cœur immense. Elle le grondait, aussi, car il était trop lent, toujours à retourner les pierres, à la recherche de gloméris.

Ils avaient leurs balades, celle de Figayrolles, de La Jons, le col des Varans, de Perchevent ou de Malmort, d'où partaient les moutons. Sa sœur repérait les bauges des sangliers et, selon l'endroit où elles avaient été creusées, elle pouvait identifier le vent. Si la litière se trouvait sur le versant méditerranéen, c'était pour se protéger de l'air glacial du nord. À travers elle, il le sentait, parlait la grand-mère et sa science du vent.

Ils traversaient des ruisseaux, ouvraient des couloirs de bruyère blanche, dérapaient sur la rocaille. Parfois une ronce mordait leur peau. Ils savaient placer leurs pieds, caler leur souffle. Lorsque enfin ils arrivaient sur le plateau, que le ciel ouvrait ses bras et qu'à perte de vue s'étendait le dos des montagnes, le dernier se sentait léger, enfin délesté de ses questions. Voilà, c'était aussi simple qu'un panorama, aussi limpide : il était là tandis que l'enfant n'était plus là. Il le pensait sans dramaturgie ni tristesse, c'était le constat d'un compagnonnage, je suis ici tandis que toi, tu es ailleurs, et ceci valait pour lien.

Il leur arriva de déjeuner à l'ombre d'une bergerie ou face à des chevaux en quasi-liberté. Ce furent leurs instants magiques, dont le souvenir se confondrait avec le son des cloches, des bêlements, des hennissements et des cavalcades. Des sons d'animaux et aussi des odeurs (celle du genêt, de la terre humide, de la paille) car lui, le dernier, ne pouvait s'empêcher de faire correspondre ses émotions et ses sens. Il aimait penser qu'il y a des siècles, c'étaient les mêmes sons, la même lumière, les mêmes odeurs. Certaines choses ne vieillissaient pas. Des pèlerins du Moyen Âge auraient pu voir la même journée d'automne, coulée d'or liquide. Les peupliers, fuselés de jaune, se dressaient comme des torches. Les buissons se répandaient en milliers de gouttelettes rouges. La montagne avait mis un manteau orange, moucheté de vert, et le dernier apprit en une fois les affolantes couleurs dont s'habillait le mois d'octobre. Montaient en lui une odeur de crème tiède, le babillage d'un enfant et le sourire du garçon lorsqu'il avait enfin réussi à marcher sur des échasses. Il fermait les yeux un instant. Puis il se levait, repu, faisait signe à sa sœur. Ils repartaient. Il voyait ses épaules minces respirer au rythme de la marche, ses lourds cheveux bruns rebondir dans son dos.

Sur le chemin du retour, ils passèrent devant un cèdre planté dans la roche. L'arbre s'élançait, svelte et seul. La cadette s'arrêta.

« Celui-là, il a envie de vivre », lança-t-elle.

Elle tourna la tête. Il vit son profil dans l'air cuivré d'automne.

« Comme toi. »

Sa sœur était rapide et drôle, emplie de projets. Elle embrassait la vie comme si la vie lui avait manqué, pensa-t-il, et lorsqu'elle tomba amoureuse, elle laissa des silences dans ses phrases. Il entendait le pas sûr et régulier accordé au souffle, puis sa voix revenait, elle parlait de ce garçon rencontré dans une boutique de disques, qui l'avait attendue, comprise, *réparée*, on peut aimer sans avoir peur qu'il arrive malheur à la personne qu'on aime, on peut donner sans avoir peur de perdre, il ne faut pas vivre les poings serrés, dans l'attente du danger, disait-elle, voilà ce que cet amour m'apprend, et ce que n'apprend pas notre aîné. Notre aîné, murmurait-elle, qui a renoncé.

Il rentrait de ces marches un peu abasourdi. Les paroles de sa sœur infuseraient en lui au long des jours. Il leur laissait le temps. À table, le soir, il regardait son aîné avec des yeux différents. Ses gestes doux et son calme prenaient un autre sens. Se pouvait-il qu'il se soit tant occupé de l'enfant, alors qu'il l'ignorait presque, lui, le dernier ? Un jour, il lui demanda à brûle-pourpoint, alors que leur père servait la soupe, pourquoi il ne lisait plus. L'aîné lui renvoya seulement son sourire triste, mais il ne lui avait jamais donné que cela, un sourire triste, et le dernier exigeait plus. Alors il osa : « Il n'y a qu'une lettre qui sépare "livre" et "libre". Si tu ne lis plus, c'est que tu es complètement enfermé. »

La louche du père resta en l'air. La cadette et la mère échangèrent un regard. L'aîné, lui, ne manifesta aucun étonnement. Il poussa sa fourchette d'un millimètre. Leva ses yeux noirs. Sa voix était dure.

« Nous avions ici un petit qui était enfermé. Il nous a beaucoup appris. Alors ne donne pas de leçon. »

Le dernier piqua du nez vers son assiette. Il sentait, autour de cette table, planer le fantôme de l'enfant et il n'aurait jamais pensé qu'un fantôme puisse avoir tant de poids. Il s'adressa mentalement à l'enfant disparu : « Tant d'impact pour quelqu'un d'inadapté... C'est toi, le sorcier. »

Il lui parlait souvent, au creux de lui. Instinctivement, il employait des mots tendres et simples, berçait, s'exprimait comme avec un bébé, mais, et cela venait tout seul, lui racontait la mort de Richard Cœur de Lion et le code d'honneur des chevaliers. De loin, nul n'aurait pu deviner qu'il parlait à l'enfant. Il lui racontait aussi ses visions, établissait un parallèle entre une couleur et un son, dévoilait ce qu'il sentait. Il lui révélait son univers secret avec la certitude d'être compris. On ne peut partager un savoir hors norme qu'avec un être hors norme, se disait-il. Il aurait donné n'importe quoi pour le toucher. Sa sœur lui avait tant parlé du rebondi poudreux de sa peau, de leur aîné qui restait joue contre joue. Il imaginait le buste translucide, la transparence veinée de bleu des poignets, l'étroitesse des chevilles, le rose de la plante des pieds qui n'avait jamais servi. Parfois il allait dans sa chambre désormais aménagée en bureau. Les parents avaient gardé le petit lit de fer aux volutes blanches. Il posait sa main sur le matelas, à l'endroit de la tête. Il fermait les yeux. Montait un filet de voix chantant, cristallin, il entendait un sourire. Lui venaient aussi des odeurs de transpiration dans le cou, de fleur d'oranger, de légumes bouillis. Il savait qu'à l'instant où il bougerait la main pour, enfin, sentir la peau et les cheveux épais, son frère s'évanouirait. Il en avait les larmes aux yeux.

Un jour, il demanda où était le pyjama de coton violet. Sa mère, interloquée qu'il connaisse ce détail, répondit que l'aîné l'avait pris avec lui.

Avec le temps, il devint de plus en plus sensible. Les couleurs de la montagne faisaient naître en lui des poèmes insensés. La lumière se transformait en cri. À huit heures du soir en été, elle était si rasante, si vive, qu'il devait se boucher les oreilles. L'ombre était un air de violoncelle. Et les parfums, ces damnés parfums capables de ressusciter des chants évanouis. Son frère avait-il humé les mêmes ? se demandait-il. Certainement, puisque son odorat fonctionnait. Que respirait-il ? Il ne le saurait jamais. Il était pris d'une envie irrépressible de décrire ce qu'il voyait pour son frère. Il se sentait empli d'un pouvoir immense, transmettre ce que l'on voit, porté par un élan de partage et d'amour (et, à cet instant, il se souvenait que l'aîné avait réagi comme lui, sa sœur lui avait raconté que l'aîné décrivait tout à l'enfant). Le violet, le blanc, le jaune le propulsaient dans un monde de pistils et de parfums où les odeurs devenaient caresses, ressuscitaient un lieu, l'enivraient jusqu'à ce que la voix de sa mère devînt insistante. Il essayait de lui dire ce que le monde provoquait en lui. Mais il ne parvenait qu'à désigner les massifs fleuris, altéa, forsythia, lagerstroemia, sans qu'aucun mot vienne escorter le violet, jaune vif, blanc crémeux, qui éclataient en orchestre fou, avant de se dissoudre dans une litanie platement phonétique, altéa, forsythia, lagerstroemia. « Quelle mémoire ! Tu te rappelles tout ! » s'étonna sa mère. « Non, répondit-il. Je n'oublie rien, c'est différent. »

Il était clairement en avance. « Être en tête alors qu'on est dernier : un comble », dit-il au psychologue – comme pour sa sœur, les parents, conscients de son décalage, avaient proposé une psychothérapie. Mais le soignant prit cette réflexion pour de la prétention. Lui, le dernier, aurait tant aimé lui dire qu'une partie de lui n'avait pas neuf ans mais mille, tandis qu'une autre partie s'éveillait continuellement, et que ce grand écart l'isolait des autres. Il se sentait à part. Il enviait les camarades de classe insensibles à la pitié, à la beauté. Pourquoi aucun ne réagissait au vol d'un rapace, à l'évocation des rois chevaliers, au sourire de la dame de cantine ? Se pouvait-il que les mouvements du monde ne fassent aucun bruit, ne rencontrent aucun écho ? Même le garçon, désormais, jouait avec ceux qui lui avaient volé son écharpe. Les autres semblaient tous si seuls et si à l'aise. Être un sorcier, finalement, mettait à l'écart.

Il attendit les vacances de Pâques pour en parler avec sa sœur. Mais elle ne vint pas. Elle était partie en voyage avec son nouvel amoureux. Il songea à sa main sur sa nuque, cela lui manqua. Alors il se rabattit sur l'aîné. Au fond, c'était bien. Il fallait un grand abîme pour comprendre ces choses. Mais l'aîné se leva de table, prévint qu'il allait marcher, seul.

Il le suivit. L'aîné n'alla pas très loin, au bord de la rivière, là où les pierres sont plates. Il s'assit, croisa ses bras autour de ses genoux et ne bougea plus. Le dernier resta dans l'ombre à l'observer. Il sentit monter en lui une jalousie envers l'enfant. « Si j'avais été handicapé, pensait-il, alors l'aîné se serait occupé de moi. » Puis il baissa la tête, transpercé de honte.

Un soir de fin d'été, la cadette téléphona. Lorsque sa mère raccrocha, elle était pâle. Elle s'assit à table. Elle se racla la gorge et annonça que la cadette était enceinte. « Les examens sont bons, tout va bien », ajouta-t-elle. Le père se leva et serra sa femme contre lui. Le dernier, lui, fut terrassé. Il pensa que sa sœur cesserait de l'aimer. Le futur bébé prendrait sa place et signerait le renouveau. Sa seule naissance lui volerait son rôle. Lui, il ne servirait plus à rien. Il se leva de table, saisit une orange dans la corbeille, ouvrit la porte et lança le fruit, de toutes ses forces, vers nous, dans la cour.

Ce fut l'unique acte de rébellion de toute sa vie. Car, lorsqu'il se retourna vers la cuisine, il vit les visages de ses parents, crispés d'angoisse. Il se jura de ne plus jamais recommencer.

Au Noël suivant, la fratrie sort dans la cour, laissant le vacarme chaud derrière la porte vitrée.

Les vieux oncles sont morts, les cousins ont fait des enfants. La tradition des concerts, des chants protestants et du festin est maintenue.

Ils se sont échappés un instant. Frigorifiés, ils se postent dos à nous, tandis qu'un de leurs cousins règle son appareil photo. La cadette rit, d'une main elle frotte le dos de l'aîné, de l'autre tient le dernier par la nuque. Puis ils se figent tous les trois devant l'objectif. La photo est prise.

La cadette : elle enserre son ventre rond de ses mains, la tête penchée sur le côté. Ses lèvres sont roses, son front haut. Léger sourire. Elle porte un col roulé gris. Ses cheveux recouvrent ses épaules.

L'aîné : il croise les bras, se tient droit. Visage impénétrable, sauf le regard doux derrière de fines lunettes en écaille. Épaules minces, chemise de directeur financier. Cheveux bruns, coupés court.

Le dernier : buste tendu vers l'avant, comme s'il marchait vers l'objectif. Visage rond, grand sourire malin. Regard fendu, bouche étirée sur un appareil dentaire. Les cheveux plus clairs, en bataille.

Les trois ont les yeux cernés, un peu en amande, très grands, si sombres que la pupille se confond avec l'iris.

Chacun eut droit à un tirage de cette photo. Lorsqu'il reçut la sienne, le dernier pensa qu'il y avait toujours eu le même nombre d'enfants sur les photos de famille. Seul le troisième changeait.

Plus tard, alors que sa première nièce était née, sa sœur et lui lacèrent à nouveau leurs chaussures de marche. Ils retrouvèrent le frais du matin, la carte fripée que l'on replie, le menton levé vers le col à atteindre. Tandis que sa sœur marchait devant lui sur la draille, elle répondit à sa question de savoir si elle avait craint un enfant handicapé. « Bizarrement non, dit-elle. D'abord parce que avec Sandro, on était très clairs sur un point : si le bébé avait eu un problème, nous ne l'aurions pas gardé. Ensuite parce que avoir vécu le pire éloigne la peur. On l'a traversé, donc on le connaît. On a les réflexes et le mode d'emploi. La peur vient de l'inconnu. » Avec elle, les mots coulaient et restaient des mots, sans escorte d'image ou de son. C'était si simple. Il put l'interroger sur son nouveau rôle de mère, son nouveau pays, ce nouvel amour, tout était nouveau avec elle. La nouveauté n'engendrait pas la crainte. D'ailleurs, comment avait-elle surmonté l'angoisse de s'occuper d'un bébé, comment avait-elle su les gestes ? « Nous avons eu un bébé durant dix ans, je te rappelle, même si je ne l'approchais pas beaucoup. Écoute. De l'autre, on ne retient que ses efforts. Le résultat peut être imparfait ou non, il reste secondaire. Seuls compteront les efforts. Tu vois, les parents de Sandro se sont séparés quand il était enfant. Son père était pauvre. Il vivait dans une seule pièce. Mais Sandro se souvient du paravent déniché on ne sait où, du lit fabriqué avec de la mousse et des cagettes, des efforts du père pour fabriquer un petit coin uniquement pour son fils. Ces efforts-là valaient mieux qu'un père absent qui laisse du caviar dans le frigo. Pour mon enfant, je me sentais prête à faire des efforts, comme nos parents l'ont fait. À partir de là, peu importe que je réussisse ou non. L'essentiel était ailleurs, dans cette exigence que j'ai accepté de m'imposer, et qui fonde une amitié, un amour, un lien. » À ce propos, elle n'envisageait pas de se marier, « car le couple, contrairement à ce que la société veut nous faire croire, est l'espace de liberté le plus grand. C'est le seul domaine qui échappe à la norme, à l'opposé du travail ou des relations sociales. Tu trouveras des couples qui se disputent sans arrêt et restent ensemble une vie, d'autres qui s'épanouissent dans le calme, ceux qui veulent des enfants et ceux qui n'en veulent pas, ceux pour qui la fidélité est primordiale et ceux qui la rendent accessoire. Beaucoup trouveront banal ce qui, pour d'autres, relève de l'anomalie. Et inversement. Il n'y a aucune règle, et autant de normes que de couples. Quelle idée de vouloir faire entrer une telle liberté dans un cadre officiel. » Elle parlait sourdement, traversée d'indignation. Par quel miracle la vie tapait ainsi, se demandait le dernier, par quels chemins cet élan était-il passé, sur toutes ces années, pour rejaillir aussi vif que s'il venait d'éclore.

Il adorait l'écouter. Il se disait que sa sœur, comme lui et leur aîné, portait en elle mille ans d'existence. Il se mit à rire tout seul en pensant à cette fratrie étrange, le lui dit, elle rit à son tour, du moins lui sembla-t-il, car sur cette draille il ne voyait que son dos. On avançait seul dans la montagne. Il pensa que les gens d'ici ressemblent à leurs chemins.

Les mois passèrent comme passent ceux d'une enfance montagnarde. Il tomba dans la rivière en janvier. Trouva sa première portée de chatons à l'abri dans le moulin. Reconnut la détonation du fusil Baïkal monocoup, signe des battues au sanglier. Guetta les renards, les pipistrelles, les blaireaux. S'émerveilla de la mue automnale d'un peuplier, dont le fourreau de feuilles s'écroula en une nuit. Sentit la tiède pluie de juin qui tombe en rideau de velours. Reconstruisit, avec son père, les murs de pierres sèches bâtis la saison d'avant. Dansa autour des feux verticaux de septembre, lorsqu'on brûle les branches mortes au bord des rivières et que sous l'effet des flammes chassant l'air du bois, elles sifflent comme des instruments.

Mais certaines choses ne bougèrent pas.

Le dernier avançait escorté. La montagne l'émerveillait toujours plus, et lorsqu'il sentait, touchait, humait, il le faisait en pensant à l'enfant. Souvent il fermait les yeux pour se concentrer sur les sons. « Petit sorcier, pensait-il, jamais je n'aurais pensé à fermer les yeux pour mieux voir. » C'était un invisible compagnon. Il s'était installé au creux de sa vie, c'était comme ça, il existait des absences en forme de pays, et le dernier avait besoin de revenir à l'enfant.

Avec les autres, il eut de plus en plus de mal à masquer son décalage. Comment leur dire que la montagne avait traversé toute l'Histoire, que cette immanence le bouleversait et dessinait la certitude que les morts ne disparaissent jamais tout à fait ? Leur dire que cette vie grouillante de la montagne était la même qu'il y a des siècles ? Que chaque infime mouvement des animaux contenait la mémoire d'un mort ? C'était trop demander. Les autres avaient le même don que les bêtes sauvages pour détecter la différence. Un jour, la professeure de biologie demanda aux élèves d'apporter un poisson pour le disséquer. Le dernier se présenta avec une truite slalomant dans un sac en plastique. Les autres, qui s'étaient tous rendus chez le poissonnier, le contemplèrent éberlués. Personne ne comprit que, pour lui, il n'existait de poisson que vivant.

Il fabriquait des mots. Le berger devenait un moutonnier, lui-même se disait rêviste, il existait une couleur blose (rose aux reflets bleutés), la conjugaison comptait un futur intérieur. Il ne pouvait confier ses trouvailles qu'à l'enfant, tout bas, dans l'ancienne chambre, la main posée sur le matelas, à l'emplacement de la tête. Il récitait les mots et chaque sonorité devenait papillon, phalène, chrysope, une minuscule créature volante qui tournoyait autour des volutes blanches du lit. Il remerciait son frère de ce miracle.

Comme il terminait les contrôles en avance, qu'il retenait tout, comprenait tout, il avait le temps d'inventer d'autres mots, qu'il notait en douce, dans le silence de la classe. Cette excellence le sauva de la vindicte. Il se fichait éperdument de l'esprit de compétition au point de donner volontiers ses devoirs pour que les autres les recopient. Et puis il y avait son humour. C'était son meilleur bouclier. Il imitait, jouait, caricaturait une situation, maniait l'autodérision, si bien qu'à la fin, les esprits retors rendaient les armes et finissaient par rire. Il continua donc d'être invité chez les autres, ne rata aucune soirée festive, mais renonça temporairement à faire venir au hameau des camarades. Une dimension sacrilège lui sautait aux yeux. Ces profanes ne pouvaient pas s'accorder au royaume des sorciers.

La conscience de sa différence le rapprocha davantage de l'enfant. Il souriait lui-même de cet invraisemblable lien, il n'était pas fou. Mais il devait bien le reconnaître : parler à l'enfant disparu était le seul endroit où il ne faisait pas semblant. Il ressentait la même chose avec les animaux. Il ne s'affolait jamais quand une pipistrelle distraite se prenait dans ses cheveux ou qu'il marchait sur un crapaud égaré sur la route. Les jeunes enfants de sa sœur hurlaient d'effroi. Le crapaud ne bougeait pas mais, à chaque cri, son œil luisant vrillait de quelques millimètres. Le dernier voyait bien que ce vacarme l'incommodait. Il le saisit par le dos, et sous le regard horrifié de ses nièces, qui malgré tout le suivirent, descendit vers la rivière pour déposer l'animal dans l'eau.

Lorsqu'une matinée radieuse s'annonçait, il était sincèrement heureux pour les oiseaux. Au bord de l'eau, il fermait les yeux pour écouter leur piaillement. Dans ces instants-là, sa sœur interdisait à ses filles de l'approcher. Elle ne disait pas : « Il se repose » ou « Il est tranquille », elle disait : « Il respire. »

Le dernier, décidément, aimait voir sa sœur devenue mère. Il observait les gestes enveloppants autour d'un corps minuscule, comprenait mieux les mains qui s'étaient occupées de son frère. Ainsi donc, c'était cela, l'odeur enfouie dans les plis d'un cou, les poings serrés, les minuscules bruits de mammifère neuf, succion, hoquet, grognement, souffle saccadé. Il adorait les mouvements des bras du bébé, leurs poignets mobiles, qui ressemblaient à ceux d'une danse balinaise, lente et tendue. Il se disait que tous les guerriers de l'Histoire avaient été, à un moment, ces petits êtres capables de danse balinaise. Il perçut mieux la détresse, aussi, qu'avait dû traverser sa famille, lorsque ses nièces prononcèrent leurs premières syllabes ou tanguèrent en essayant d'avancer. Quelle douleur cela avait dû être, se disait-il, de rester à ce stade de nourrisson, comme si le temps se refusait, alors même que la croissance de son frère se poursuivait, en une ironique blessure.

Mais ce que lui avait dit sa sœur était vrai, elle n'était pas inquiète. Les fièvres, la toux, la respiration sifflante, les éruptions cutanées, les coliques, semblaient faire partie d'une même aventure qu'elle gérait avec calme et fermeté, au point que Sandro, d'une responsabilité posée, s'appuyait aussi sur elle. Était-ce parce que cette fratrie se composait de filles uniquement, se distinguant d'emblée, par leur sexe, de l'enfant, ce qui rendait la maternité plus facile, coupée du deuil d'un petit garçon disparu ? Peut-être. Il n'empêche, sa sœur semblait savoir. Elle avait les gestes, les phrases et les berceuses. Le dernier regrettait parfois qu'elle manque de fantaisie avec ses filles, il aurait aimé que sa part de désordre jaillisse parfois, tant elle pouvait ressembler à un soldat sans peur ni doute. Mais il se souvenait du carnet trouvé et il se taisait. Il l'admirait. À croire que, revenue de tout, elle ne craignait plus rien.

Lui non plus, il n'avait plus peur. Sa place était gardée. Sa sœur avait eu l'intelligence délicate de ne rien lui prendre qu'elle eût donné à ses enfants. Tous deux avaient leurs marches dans la montagne, leurs conversations. Le dernier avait le respect de ne pas réclamer davantage et de lui laisser l'entière liberté d'être le parent qu'elle voudrait. La seule question qu'il lui posa, un jour lors de leurs randonnées, ce fut de savoir pourquoi elle tenait ses enfants par la nuque au lieu de leur prendre la main. Pourquoi c'était la nuque, chaque fois, qu'elle touchait, comme lorsqu'elle lui faisait un câlin. Il fallut quelques pas pour entendre la réponse, venue du dos, puisqu'on était sur la draille.

« Parce qu'un jour j'ai voulu porter l'enfant, je l'ai pris sous les bras mais sa tête est partie en arrière, sa nuque s'est balancée dans le vide, j'ai eu peur, je l'ai lâché, l'arrière du crâne a rebondi contre le tissu du transat, je garde le souvenir épouvantable de cette nuque dégondée, qui oscille dans l'air, tombe puis entraîne la tête vers l'avant, recroqueville l'enfant, le plie sur lui-même, la nuque que je n'avais même pas été capable de tenir, mesurant la fragilité de cette partie-là, si mince, reliée à son corps comme le fil d'un pantin, et si sa nuque s'était brisée, est-ce que tu imagines. Depuis, je tiens les nuques. »

Avec ses filles, la maison s'était remplie de joie, de cris, traversée d'odeurs de gaufres à l'orange et d'exclamations en portugais. De fait, les parents attendaient ardemment les vacances. Le dernier avait fabriqué des épées pour jouer au tournoi, rédigé des fiches sur Richard Cœur de Lion, préparé un concours de blasons. Même l'aîné, pourtant si sensible au bruit, s'ouvrait un peu. Il était celui qui, derrière les enfants, vérifie que les freins du vélo fonctionnent, que la balançoire tient bon, que les berges ne glissent pas. Il entourait surtout la deuxième fille de sa sœur, aussi muette que lui, toujours demandeuse de jeux de logique, de casse-tête, d'énigmes. Il répondait patiemment, avec des mots choisis, se baissait pour refaire le lacet de sa nièce.

Un jour, le dernier les surprit assis dans la cour, à l'ombre de nous. Ils étaient penchés sur un livre de sudoku. L'aîné parlait bas, les sourcils froncés, un crayon à papier pointé sur la page. La petite fille, dont les mêmes cheveux bruns recouvraient les épaules, avait posé sa joue sur l'avant-bras de l'aîné et fixait, intensément concentrée, les carreaux remplis de chiffres. Ils étaient si absorbés que le dernier n'osa plus respirer. Dans l'air immobile de l'été, seule la rivière faisait entendre son chuintement par-delà le mur. C'est alors que le dernier vit, à l'autre bout de la cour, dans l'embrasure de la porte médiévale, sa sœur. Elle aussi observait son frère aîné et sa fille, lesquels, pris dans l'étau d'un double regard, n'avaient toujours rien remarqué. La cadette *vérifiait*, pensa le dernier, avec toujours ce souci d'un général inspectant le terrain. Sa sœur croisa son regard. Alors, sans la lâcher des yeux ni avancer vers elle, le dernier leva le pouce en signe de victoire. Elle avait réussi le renouveau.

Durant ces étés, on replaçait dehors, dans la cour, les deux grands coussins épais qui avaient soutenu l'enfant. Désormais les nièces s'y lovaient, sautaient dessus. La plus jeune, la troisième, y faisait même ses siestes. Nous vîmes, plus d'une fois, un voile passer sur le visage de l'aîné et de la cadette, et nous savions pourquoi. Passait la fugace vision d'un autre corps qui semblait endormi sans l'être, les genoux écartés, les pieds creux, les cheveux bougeant doucement sous la brise. Mais c'était un enfant normal cette fois, de deux ans, qui se frottait les yeux et demandait son goûter.

Lorsque tout ce monde repartait pour Lisbonne, que l'aîné rentrait en ville, le dernier reprenait sa place. Il retrouvait les dîners calmes à trois. Il aimait avoir le temps de se couler avec ses parents dans un flux quotidien fait de bonheurs infimes. Il savourait les soirées à venir où il aurait le temps d'étudier l'Histoire, il souhaitait apprendre le langage des armoiries. Il renouait aussi avec l'enfant, au creux de lui, comme s'il s'était absenté. À nouveau, lui dire les correspondances secrètes de la nature, à nouveau les plis secrets de la montagne, les sangliers près des mares et les gloméris sous les pierres. Il retrouvait son territoire, et son territoire c'était son frère disparu. Ils étaient quatre, au fond, les parents, lui, l'enfant – et qui pouvait juger.

Un soir durant les vacances de Pâques, un orage fracassa la montagne. Le tonnerre fit résonner ses tambours dans un ciel sombre, zébré d'éclairs. La pluie tomba si fort et si brusquement que la rivière gonfla d'un coup. L'eau était couleur chocolat. Elle déferlait. Le courant arracha l'écorce des arbres sur les rives, qui se retrouvèrent pelés à mi-hauteur. On entendait sa cavalcade roulant les branches et les cailloux jusqu'à lécher la terrasse de l'ancienne maison de la grand-mère. Nous tenions bon. Nous savions que l'une d'entre nous serait descellée du mur, qu'elle roulerait sur les ardoises, ballottée par le vent. Celui-là, il est notre ennemi depuis toujours. Bien plus puissant que le feu ou l'eau, que nous ne craignons pas. Seul le vent peut nous dissoudre.

Les phares des pompiers perçaient le brouillard lardé de pluie. Dans un hameau plus reculé, un poteau électrique était tombé sur un toit, une voiture emportée en barrait l'accès. Il pleuvait tant que des petites cascades, tendues comme un fil coupant, dégringolèrent de la montagne jusque sur la route. Le camion des pompiers, surpris par ce choc de l'eau sur le toit, faillit emboutir le pont.

Chacun connaissait pourtant ces accès de rage. Dans l'après-midi, le père avait garé les voitures beaucoup plus haut, surélevé les outils, barricadé la bûcherie, rentré le mobilier de jardin, ouvert tous les soupiraux des caves – il ne fallait jamais emprisonner l'eau mais la laisser circuler. Le père, la mère, l'aîné et le dernier étaient postés devant les fenêtres donnant sur la rivière, pour évaluer sa montée, intervenir en cas de danger. Ils ne la quittaient pas des yeux. Le dernier s'était réfugié dans la chambre de l'enfant. Il regardait les arbres se tordre dans le vent. Les sapins agitaient leurs branches de bas en haut à la façon des oiseaux. Il se laissait emplir par le fracas, en espérant de toutes ses forces que les animaux aient pu se protéger. Mentalement, il énumérait les emplacements des nids, les cavités dans la rivière où les crapauds se reproduisaient, les terriers des renards, les bauges des sangliers, les fissures du mur abritant les lézards. Il ne devait plus rester grand-chose. L'eau avait tout râpé, privant ses compagnons d'abri. Même les gloméris, forcément en boule, avaient dû rouler, emportés par la pluie.

Il sursauta en entendant des coups frappés contre la porte de la cour.

C'était un berger. Il portait un chapeau de cuir à large bord, frangé de filets d'eau, un long imperméable. Il serra la main du père. Il expliqua d'une voix forte, recouverte par le tonnerre, qu'il cherchait une de ses bêtes depuis quelques jours et qu'avec ce déluge, elle avait trouvé refuge dans le vieux moulin. Elle était malade. Pouvait-on l'aider à la soulever pour la mettre dans la camionnette ? Évidemment, dit le père, je préviens les garçons.

L'aîné et le dernier enfilèrent des bottes et rabattirent leurs capuches. Dehors, c'était un immense clapotis doublé d'un grondement. Ils avançaient tête baissée. La pluie martelait leurs épaules comme les poings d'un enfant énervé. Des nappes d'eau pressées s'enroulaient sur leurs chevilles. Ils accélérèrent le pas, passèrent le pont ; dessous, l'eau déferlait en bouillons bruns. Ils prirent à gauche sur le traversier, jusqu'au moulin. Ils se voûtèrent encore pour passer la porte basse.

Le dernier eut l'impression d'entrer dans une grotte. Il y avait du silence, de l'ombre et de l'air frais. Les pierres étaient ruisselantes. On percevait seulement le grelot de la pluie. Dans l'obscurité, il sentit une présence. La brebis était couchée. Il vit son flanc beige, anormalement gros, les pattes minces et les sabots luisants. Elle haletait, gonflant son abdomen qu'il ne put s'empêcher de toucher. C'était doux. Ses oreilles aussi, percées d'un matricule en plastique, étaient veloutées. La brebis gardait l'œil clos. Le dernier passa doucement son doigt sur sa paupière très ronde, presque rigide, ourlée de longs cils noirs. Sa lèvre inférieure tremblait. Seul résonnait son souffle court mêlé au tambourinement de la pluie. Il eut l'impression d'entendre un seul et même son, celui d'un petit trot. Sans doute la vie qui part, se dit-il. Devant lui se dressaient d'immenses nappes vertes et scintillantes que des mains faisaient onduler. La voix de son père le ramena au moulin. « Aide-moi à la sortir de là. »

Ils saisirent les sabots, comptèrent jusqu'à trois et la soulevèrent. Elle pesait lourd. Le berger avait ouvert les portes arrière de la camionnette. À côté, la silhouette vaporeuse de l'aîné semblait les attendre. La capuche masquait son visage.

En sortant du moulin, la tête de la brebis glissa des avant-bras du père et vint se balancer dans le vide. L'espace d'un instant, elle pesa son poids de chair éteinte, balayant l'air de façon grotesque. La peau du cou était tendue. Ils prirent leur élan en balançant le corps. Lorsqu'ils lâchèrent l'animal, la camionnette trembla.

« Météorisme », dit le père au berger, les mains sur ses genoux, en reprenant son souffle. Le berger opina.

« Luzerne ou trèfle ? demanda-t-il comme s'il se parlait à lui-même. En tout cas, météorisme. »

Le dernier aurait pu savourer ce mot mais il n'écoutait plus. Il regardait le grand corps de son aîné à l'intérieur de la camionnette. Celui-ci avait baissé sa capuche. Il était à genoux, penché sur la brebis qui respirait de plus en plus rapidement. Une écume blanche sortait au coin de sa bouche. L'aîné s'allongea contre elle, posa son front contre le sien. D'une main, il caressait son flanc boursouflé. Cela faisait une tache blanche qui allait et venait sur une tenture sombre. Il lui murmurait des mots inaudibles. Le dernier les observait. Les cheveux bruns de l'aîné se confondaient avec le pelage de la bête. Il eut l'impression que la pluie tombait plus fort comme pour les isoler. Mon frère se penche sur les défaillants, il est à sa place, pensa-t-il.

Le père, un peu gêné, fit durer la conversation avec le berger, le temps que l'aîné se relève, contemple la brebis, puis se décide à fermer les portes. « Tiens-nous au courant », dit le père, et le berger toucha le bord de son chapeau. Il démarra sa camionnette. Les phares se diluèrent dans l'air troublé, puis disparurent. La voix de la mère les appela. Ils se dirigèrent vers la maison. Au moment d'entrer dans la cour, alors que le vent diminuait enfin et que la pluie perdait en épaisseur, nous vîmes le dernier glisser sa main dans celle de l'aîné, qui l'accepta.

Au dîner, il s'enhardit, le cœur battant, et posa sa tête sur son épaule. Là non plus, l'aîné ne cilla pas. Alors la mère prit son téléphone portable et les photographia. Elle envoya le cliché à la cadette. Se pencha vers le père et lui dit, à voix si basse que personne d'autre ne put entendre :

« Un blessé, une frondeuse, un inadapté et un sorcier. Joli travail. »

Ils se sourirent.

*Cet ouvrage a été composé
par PCA
et achevé d'imprimer sur Roto-Page en septembre 2021
par l'Imprimerie Floch à Mayenne
pour le compte des Éditions Stock
21, rue du Montparnasse, 75006 Paris*

Stock s'engage pour l'environnement en réduisant l'empreinte carbone de ses livres. Celle de cet exemplaire est de : 450 g éq. CO₂
Rendez-vous sur www.editions-stock-durable.fr

Imprimé en France

Dépôt légal : août 2021
N° d'édition : 02 – N° d'impression : 99063
45-51-2885/5